Chorinho brejeiro

Dalton Trevisan

Chorinho brejeiro

todavia

O prisioneiro 7

Dois no ato 17

Esse mundo engraçado 21

Noventa cigarros por dia 35

O conquistador 45

Beijos vendidos 51

Feliz Natal 65

A carneira violada 77

A guardiã da mãe 81

Doce mistério da morte 87

O grande deflorador 97

A fronha bordada 101

Chorinho brejeiro 105

Canteiro de obras 115

O prisioneiro

Dona Maria cumprimenta o doutor, sem olhar para o homem ali sentado.

— Confirmo tudo. Menos a pensão.

Agitada, não aceita a cadeira. Na mão esquerda esconde a boquinha murcha.

— Quero o litígio.

Joga a bolsa na cadeira e gesticula com a destra.

— Eu quero a guerra.

— A senhora se acalme. Só um instante. Me deixa explicar.

— Mais do que a pensão que ele me oferece...

— Tenha respeito, mulher.

— ... eu ganho pedindo na porta da igreja.

— Essa briga é bobagem. Seu direito é um terço da aposentadoria.

— Não interessa. Eu quero a guerra.

Sempre uma nota mais alta, esganiçada.

— Meu genro já me disse. Ele gasta o que for preciso. Com bandido não tem acordo.

— Quanto a senhora quer?

— Três mil ou nada.

— Como é, João?

Olhinho perdido, franze a testa, cicia um cálculo difícil. Abre os braços, patético:

— Que seja. Me sacrifico.

— Então estamos de acordo. Só queria esclarecer o seguinte: Vinte anos o João foi prisioneiro. E o seu ciúme era doentio.

— Eu? Ciúme de um caco? De um velho reumático?

— Fosse lá fora, mulher, você teria a resposta.

— Nada de discussão. Por exemplo, o João me disse que a senhora guardava no travesseiro a chave do quarto. É verdade?

— Quando precisava ir ao banheiro, meu remédio era acordá-la.

— Guardava, sim. Mas por medo de ladrão.

— E não tinha um homem no quarto?

— Isso é homem?

— E muito homem. Se quer provar...

Exibindo o muque no bracinho magro.

— ... olhe aqui.

— Prisioneiro então ele foi.

— Que prisioneiro. Fugiu dez vezes de casa.

— Como é, João? Você não me contou.

— Exagero dela, doutor. Só quatro.

— Arrumava a mala e saía de fininho. Até dois meses fora.

— E se voltei, mulher, bem me arrependi.

— Uma qualidade ele reconhece. O virado com torresmo, o soalho encerado, o botão na camisa, não tem queixa. Certo, João?

Antes que ele confirme.

— Também pudera. Agora não sou mais boba. Depois do dentista...

De relance o único incisivo na boquinha pintada em coração.

— ... eu me arrumo um pouco...

Alisa as pontas do curto cabelo grisalho.

— ... e periga de arranjar um broto. Bem melhor que esse caco.

— Outro desgosto. De cabelo comprido até quatro meses. Cobria o colarinho. E a senhora o proibia de cortar.

— Que luxo. O barbeiro ali em frente. Não ia porque...

— Você não deixava, mulher. Uma coisa esqueci, doutor. As cartas, que eu recebia e mandava, ela queria ler.

— É verdade. Tenho a carta do pai dele me chamando de diaba.

— O que diz a carta?

— "Por que não escreve, João? A diaba da tua mulher não deixa?" Viu só, doutor? Ela trazia o envelope rasgado: *Aqui a última do velho desgracido.*

— E a cortina presa com alfinete? A senhora nem permitia chegasse à janela.

— Claro. Andava de olhares com uma sirigaita.

Cabeça baixa, ele estrala o nó do dedinho torto.

— Isso é desconfiança. A senhora tem prova?

— Prova, não. Tenho certeza. E essa pressa agora de se apartar? Depois de vinte e um anos não pode esperar quinze dias? Deve ser alguma vigarista. Uma tipinha de rua. Não bastou a vergonha do meu pai?

— Que houve com o sargento?

— Aos setenta e seis anos casou com menina de dezoito. E o que ela fez? Fugiu no terceiro dia.

— Com o peludo do circo.

— Peludo, não. Artista do trapézio.

— Então a senhora confirma o ciúme. Que não era amor. Só mania.

— Já sei, doutor. Esse aí alega tudo. Agora me responda, João.

Primeira vez olha para ele.

— Cadê a caderneta, João?

Indignado, fica de pé.

— Bem sabe que não tenho. Nunca levo no bolso.

— Será que ganha tão pouco?

— Sente-se, João. A senhora se acalme. Esse assunto está encerrado.

— Olhe, doutor. Que sou diabólica. Tudo eu descubro.

— Você não tem segredo. Tem, João?

— Todo gabola. Acha que está mocinho. Será que não se enxerga?

— A causa, doutor...

— Depois de vinte anos me joga fora? E fica por isso mesmo?

— Já sei. Foi o enteado.

— Um trapo, doutor. Bêbado como o pai.

— Que seja. Bêbado mesmo. Chegou lá em casa. Muito doente. Bom de pôr a vela na mão. E sabe o que esse aí fez? Arrumou a malinha e nem se despediu.

— Fui embora para não voltar.

— Sem dó de um pobre coitado.

— Não bastava ser prisioneiro? Quando ela recolheu o farrapo, achei demais.

— Então tudo acertado?

— Eu quero a metade da pensão.

— Essa não. Começa tudo outra vez? A senhora concordou com um terço. Três mil. Nada de metade. Nesse caso é a guerra.

— Está bom. Vá lá. Só não ver esse aí.

Tão grande alívio o homem suspira fundo.

— Mais uma pergunta. E se ele morre? Ainda recebo a pensão?

— Decerto. A senhora está agourando o João? Qual de nós três vai primeiro? Só Deus sabe.

— Sou um caco, sim. Mas não sofro do fígado. De quem essas olheiras?

— Está vendo? Não é hora de falar em morte.

— Até a próxima, doutor. Para assinar os papéis.

Apanha a bolsa, sorri da porta o último dente amarelo.

— Tiau, ô coisa.

O homem só ergue a cabeça depois que ela sai.

— Que mulher, João. Barbaridade. Sabe que tinha razão?

— É para o doutor ver.

— Como é que pôde casar? Já foi bonita?

— O sedutor foi ela. Que tanto procurou e conseguiu. Isso há vinte anos, eu na flor dos quarenta e cinco. O marido, um trapo. Mesmo que desconfiasse, era manso. Minha mulher, a pobre, entrevada na cadeira. Sete anos de encontros furtivos. O marido no boteco. Minha dona imprestável na cama. O bêbado morreu, ela pouco depois. Livres, a Maria com um par de filhos, casamos — e esse o meu grande erro. Outro maior foi me aposentar. Daí começou a perseguição doentia e o ciúme louco.

— Eu sou testemunha.

— Trancada a porta, chave na fronha. Sem poder abrir a cortina. Nem atravessar a rua até o barbeiro.

— E para receber a aposentadoria?

— Nunca olhei para trás, não dar o gosto. Única vez que me virei, quem estava rente ao muro? De tanto sofrer, descobri que era uma vítima. E aquela vida um inferno. Filho de homem brioso e valente, eu mesmo altaneiro, aguentei o castigo dos sete anos de traição à minha dona e ao bêbado. E quando achei que era prisioneiro, resolvi fugir.

— Isso não me contou.

— Contei, sim. O doutor não se lembra.

— Quantas fugas?

— Quatro. Ela discutia aos berros. Daí emburrava, dia e noite sem uma palavra. Eu não podia mais e fugia mesmo. Uma das vezes...

— Para onde ia?

— Sabe a travessa Itararé? Lá na Pensão Bom Pastor.

— E como é que te achava?

— Essa mulher não é diabólica, doutor. Ela é o diabo. De repente, não sei como, o enteado aparecia. Eram agrados e promessas. Uma vez entrei com o desquite. Na audiência ela fazia assim do corredor. De bobo eu fui. Mais de uma hora jurando por tudo. Nada de chave no travesseiro. Cortina sem alfinete. O doutor voltou? Eu também. De manhã acordei com a megera na cama.

— E as outras? Não foram dez?

— Eu juro, doutor. Só quatro. A última voltou por causa de uma crise.

— De quê?

— Das partes baixas.

— E esse reumatismo?

— Nunca tive. Meu problema é de circulação. A mão fria.

— Isso passa, João. Se era ciumenta, algum motivo havia. Nem uma sirigaita? E as tipinhas da Pensão Bom Pastor? Não minta para mim, João.

Faceiro, refulge a branquíssima dentadura dupla.

— O doutor me conhece.

— A causa da separação é mesmo aquela mulher?

— Só aquela mulher.

— Como é que foi?

— Ali na pensão, solitário e triste, sempre o radinho ligado. De repente o anúncio da senhora viúva quer conhecer cidadão bem-intencionado. Molhei a caneta na língua e caprichei na letra. A primeira resposta muito desconfiada. Mais uma cartinha. E na terceira eu pedi: Avise a cor do vestido, o que leva na mão, lá estarei. Sem falta.

— E você não se descreveu?

— Lá sou bobo? Fosse uma bruxa eu passava de viagem. Mais duas cartas. Até que respondeu: "Estou de vestido marrom, casaquinho verde de gola branca, bolsa na mão. De óculo. No meio da escadaria da catedral".

— E a hora?

— Três da tarde. Um calor medonho.

— Não decepcionou?

— Fazia boa figura. Óculo de grau. Na mão uma bolsa preta. Subi dois degraus, olhei e disse: Sou o João. *E eu a Rosinha.*

— E daí?

— Dali fomos a um bar na praça.

— Mais moça que a diaba?

— Mais moça e mais bonita. Olho bem azul. E loira como eu gosto.

— Já entrou na casa?

— Uma vez por semana. No domingo.

— Ela vive só?

— Com a criadinha. Viúva há dois anos. Uma filha casada, mora longe.

— Carinhos vocês trocam?

— Dona de respeito, doutor. Ficamos de mão dada. Perto do fogão.

— E você não abusa?

No sorriso de maior gosto.

— Ela não deixa. Serve cálice de vinho doce. E broinha de fubá mimoso. Quando anoitece eu me despeço.

— Não se sente só?

— E como, doutor. A solidão é minha tristeza.

— Dorme bem?

— Me bato a noite inteira. A muito custo vem o sono. Mal fecho o olho, a corruíra canta debaixo da janela. Do meu pão o miolo é para ela. Falo sozinho. Gemo e suspiro. Faço careta no espelho. Me chamo de amigão velho. De tarde eu saio. Lá na praça com seis ou sete conhecidos. Aposentados como eu. Ficamos conversando. Me recolho cedo. O divertimento dos outros já não é para mim. Ao circo ainda vou. Não é como dantes. Chego na pensão com um jornal, às vezes uma revista, aquela agonia. Um pouco de jornal, daí o rádio, me chateio. Mais jornal, gemido e suspiro. No fim começo a falar sozinho. Sabe que faz bem?

— Todos falam.

— O doutor não imagina. O início do namoro com a Rosinha. Era uma carta por semana. Morria de medo que não respondesse. Ela demorava, eu escrevia na mesma hora.

— Sabendo o endereço não foi rondar a casa?

— Estava curtindo o idílio. Gosto do mistério.

— Não fosse o amor, João, de nós o que seria?

— Dois longos meses, ela marcou o encontro. Quando chegava uma carta, aos pinotes: Que é isso, rapaz? Ficou doidinho? Com o papel azul perfumado na mão. Dançando em volta da cama.

— Já fez o pedido?

— Agora estamos tratados. Só aceita um homem sem compromisso.

— Ao seu pai, o velho desgracido, já contou?

— Contei. Ele bateu palmas. Sabe o que disse?

— ...

— *Até remoçou, João. Parece um noivo de vinte anos.*

Dois no ato

— Até remoçou, João — eu disse. Parece um noivo de vinte anos. *Assim que eu me sinto*, ele respondeu.

Magrelo e baixinho, o peito empinado, cabeleira de neve. Castigo dos oitenta e quatro anos, a surdez. Olha fixo para você querendo ler nos lábios.

— Mania desse rapaz casar com viúva. A primeira, além de viúva, bem mais velha. Da segunda foi amante, com o marido vivo. E depois de viúva...

O gesto das mãos rolando para o chão.

— ... bagaço. De repente o João casou com a diaba. E agora, pelo que disse, noivo de terceira viúva.

— Essa é...

— Mecê fale mais alto.

— ... simpática, nhô Miguel.

— Antes de casar são sempre simpáticas. Outra coisa que não gostei...

— Da pensão, não é?

— Modernismo bobo. Mais barato era meter bala.

— A sua brabeza o João não tem.

— Esse, o pobre, não me puxou.

— Me conte, nhô Miguel, daquele seu caso com o Bortolão.

— Já lhe contei.

— Mas eu esqueci.

— Pois eu estava no engenho do seu André. Lá no telheiro, ajudando o Juca Porretinho. O velho jirau mecê não alcançou.

— Era criança, ainda me lembro.

— O Juca Porretinho me disse: *Assim não dá. Vá lá em casa, Miguel, e me traga o serrote. Está no paiol.* Duas horas bateu o relógio do hospital. Como se fosse hoje. Um guapeca amarelo trotando na nuvem de pó. O sol faiscava num caco de garrafa. Era caminho de casa.

Na longa pausa repuxa o bigodão branco.

— Peguei os dois no meu quarto.

— No próprio ato?

— Ninguém pega no ato. Mulher é esperta. Um barulhinho que ouve já olha arisca. Quando abri a porta, até hoje fico triste que não tinha arma. A puta, deu ainda para ver com um pé na guarda da cama e outro na janela. O vestido levantado mostrando um rasgo da bunda. Sem calça, a desgraciada.

— ...

— Assim que entrei ela pulou no quintal e sumiu no beco de nhá Joana.

— E o bandido do Bortolão?

— Estava em pé, junto da cama, abotoando a ceroula. Só o tempo de pegar a tranca da porta. Meti na cabeça do bruto. Foi tanta força, fiquei com o toco na mão. Maior que eu, agarrou-se comigo. Naquele tempo eu não tinha reumatismo. Era gemido, berro e palavrão de lado a lado. Alcancei o punhal na calça do bandido, ao pé da cama.

— Quantos golpes mecê deu?

— Um só.

— Onde foi?

— Aqui no lombo. Entrou fácil, era só banha. Foi aquela sangueira. O bicho esmoreceu. Enxuguei no lençol o sangue da mão. E fugi tremendo, a perna bamba.

— Eu pensei que...

— Minha boca, de amarga, era só vinagre. Lancei uma gosma verde. Cheguei a beber meio balde de água. E não saía cuspo. O azedume amarrando a língua, nunca tive igual. Depois eu soube que ódio é assim mesmo.

— Os maus bofes da morte.

— Quando subi o beco eu acho que com a gritaria o cabo Atílio já estava chegando. Nem se incomode, cabo. Já matei. Agora me entrego.

— E daí?

— Ali na mão o punhal que dei para o cabo. Me puseram na cela da frente. Ainda era a cadeia velha. Na cela vizinha a Josefa Louca, descabelada e toda nua, que me distraiu. Trepada na janela e abrindo a perna murcha para uma trinca de piás na rua: *Olhe aqui... Olhe aqui...* Hospício não havia, lugar de doidinho era na cadeia.

— E o Bortolão morreu?

— Que nada. O punhal só pegou na banha. O doutor Lauro acudiu. Mais tarde o cabo Atílio me estendeu pela grade uma bola de algodão amarelo e grudento. *O que é isso? É a graxa do Bortolão. Foi o doutor que mandou. Para você não se agoniar.* Vá à merda, cabo. Isso não é graxa. É carniça.

— Quanto tempo ficou preso?

— Me soltaram dois dias depois. Eu agi em casa. Não havia juiz que condenasse.

— E a mulher?

— Atrás dele sumiu, a cadela. Nem quis reclamar a trouxa. Dois anos depois, quando já tinha outra, correu a notícia de sua volta. Fui até a cadeia. Dê um jeito, cabo, nessa fulana. Senão vai bala. Desta vez eu mato.

— E o João nesse dia... Como foi que... Tinha que idade?

— Seis anos. Meus pais eram vivos. Ele ficou na chácara. Depois no internato do professor Ribeiro. Cresceu muito rebelde. Tanto que mandei para o reformatório. Lá ficou algum tempo. Fez muita reinação. Dele a culpa não foi. Pudera, com a mãe que teve. Três meses depois fui visitá-lo, o diretor me disse: *O senhor está de parabéns. Corneteiro melhor que seu filho não há.*

Esse mundo engraçado

— Domingo eu estava na janela. Passou um carro, era o dentista, que acenou alegre. Ao lado um homem que não vi direito. Eu também acenei. Durante a semana que fim levou o sargento? Liguei para o quartel. *Já sei do sinal para o dentista. Acha que sou corno manso?* Quer saber do quê? Vá para o inferno, você. Bati o telefone com tanta força, a moça olhou assustada. Me diga, João. O que é corno?

Ele explica direitinho.

— Ah, é isso? Puxa, nunca pensei.

*

— Sábado volta para casa, a mãe na janela: *O sargento esteve aqui. Veio deixar os trens.*

— Que é que ele deixou?

— Três discos. A almofada do carro. Um cabide.

— Ele explicou à tua mãe?

— Só devolveu. E disse: *O que a senhora está fazendo? Com esse pano?* Matando abelha. Tenho medo de enxu. Quer deixar recado? *Não carece. Depois eu falo.*

— E os presentes? Ele devolveu?

— Que nada. Duas gravatas. Uma água-de-colônia. Bem dizem: perfume para namorado dá azar. E uma camisa azul de bolinha.

— Conte a verdade. Do teu caso com o dentista.

*

— Preciso demais, João. Você me acode?

— Não sou teu namorado nem teu amante. Nem sei o que sou.

— Nossa, que mão fria.

— Veja como é quentinho.

— Mudei de pensão. Foi um custo. Mil pacotes.

— Então não cabiam no táxi.

— Uma viagem só. Sabe, João? Falei com o dentista. Negou tudo ao sargento. *Nunca houve caso*, ele disse. *E, se houvesse, o que tinha com isso? Por acaso é tua mulher?*

— ...

— Acha que o dentista é meu amante? Então vai ser. Marco encontro com ele. E caio na orgia.

— Tem coragem?

— Pouco estou ligando. Sabe que o bandido esteve ontem no colégio?

— Essa não.

— *Quero ver se tem outro*, ele disse. *Do adeus na janela já sei.* Eu estava de botinha. Se ele me batesse eu acertava um pontapé. Bem naquele lugar.

— Terceira vez te pergunto: Você tem caso com o dentista?

— Não chateia, João. Está vendo este pregador? Presente do Paulo. E quem eu vi ontem? O Tito dos olhos verdes. O Lúcio, esse, vive atrás de mim.

— Não disse que é bicha?

— É delicado. Respeitador.

— Queria te internar com as freiras. De quem você gosta é do sargento. E amanhã ele te procura. Com um presentinho.

— Que bom era antes. Eu, ele e minha irmã. Passeando no campo. Mesmo depois de velha, dele não esqueço.

Enxuga no lencinho uma sombra de lágrima.

— Seja boba. Ele não merece. No fim dá tudo certo. Quer um beijinho?

— Hoje não, João. Sabe o que, saindo daqui, eu faço? Chego lá no dentista. Se tem gente, eu espero. Quando ele aparece, eu digo: A nossa conversa é particular. Assim que a filha do Tavico sair da sala: E agora, seu tratante? O que anda falando de mim? Sem que eu deva?

— E como explica o adeusinho?

— Foi o outro. Que estava no carro com ele. É o espião do sargento. Como soube tão depressa? Então uma moça na janela não pode dar adeus?

*

— Ele me convidou para o baile. Como é que faço com o vestido?

— Você não tem roupa?

— Será que não entende, João? Preciso de um vestido longo, especial. Não tenho é dinheiro.

— ...

— Será que eu vou, João?

— Por que não?

— Depois desse baile tudo vai melhorar. Também o pobre anda nervoso. Sempre ocupado em manobra. Não sei como ele aguenta.

— Por que não quer me beijar? Antes não era assim.

— Não gosto mais de beijo.

— Depois de tudo o que houve entre nós?

— Estou em crise, João. Não entende, você? Em crise.

— Sei, amor. Esse vazio existencial. Por que não vem nua do banheiro? É mais excitante.

— Isso não faço.

— Ora, por quê?

— Não faço, e pronto.

*

— Esta noite sonhei com o dentista. O lugar não me lembro. Apareceu de calça escura e camisa branca. Com uma azeitona entre os dentes. Sabe o que disse? *Estou esperando o sargento para almoçar.*

— E daí?

— Acordei assustada. Engraçado, João. Azeitona é o que eu mais gosto.

— Azeitona e dentista. Como era no sonho?

— Lindo.

— E ainda nega o que há entre os dois?

— Até você, João? Agora ele vai se casar.

— Como é que sabe?

— Ele falou para um conhecido.

*

— Na rua não repare se não te olho. Quem olha na cara de homem casado é amante.

*

— Chorei a noite inteira, João. Chorei tanto que o namorado da Rosinha, lá na sala, perguntou: *Que é que essa moça tem?*

— Puxa, a noite inteirinha?

— Não vê meu olho inchado?

— E por quê?

— De raiva. O desgracido acha que sou escrava. Sexta me levou até em casa. Sabe o que fez? Me deixou sozinha no fim de semana. Saiu para o campo em manobra. E eu perdida naquela solidão.

— Se distraiu passando roupa?

— Na casa do pai nem luz não tem.

— E como é que se arranja?

— Quem não tem luz dá um jeito. Você só faz pergunta boba. Sabe que ninguém fica no escuro.

— ...

— Este sábado o sargento vai ver. Se chegando todo mansinho: *Vim te buscar, meu bem.* Olhe aqui para ele. Já falei para a Rosinha: Agora só nós duas. Tomar uma caipirinha. Ir ao Passeio Público. Ver cada homem lindo.

— Não esqueça o trapezista do circo.

— Homem não presta. Às vezes me dá vontade de arranjar uma mulher.

— Você já foi cantada?

— Duas vezes. Uma delas me disse: *Quer morar comigo, meu bem?* Ali na frente da Rosinha, já viu. Que será que elas fazem? Hein, João?

— Eu é que sei?

— Quero uma bem rica. Meu medo é que elas têm ciúme. Dizem até que matam.

25

— Cuidado, você. Bem que elas perseguem, judiam e matam.

*

— Segunda telefonei para o quartel. *O sargento deixou recado que liga na quarta.* Se você soubesse, João, o ódio que me deu.

— E com razão.

— Quarta sem expediente no quartel. Esperei a tarde inteira. Andando de um lado para outro. Com fome. Você telefonou? Nem ele. Eu sozinha e ele reinando com as putas.

— Até que tem ciúme, hein?

— E não posso? Ele não tem de mim? Não me deixa nem trabalhar. *Eu sei o que é chefe*, ele disse. *Não me fio em chefe de moça. Ainda mais bonita.*

*

— Duas vezes foi cantada?

— Duas, não. Uma.

— Me lembro que falou duas.

— Não foi bem cantada, a primeira. É a moça do cartório. Grandalhona. Fui lá de manhã pegar um documento. O funcionário atendeu, ela não me tirava o olho azulão. Achei esquisito. Quando o rapaz se virou, espiei sem querer — ela fazia biquinho de beijo. Baixei a cabeça, encabulada. Ela se ergueu e na passagem estalou mais um beijinho. E disse: *Você é um amor.* Minha mão tremia, João, tanto susto.

— E a outra? Como foi?

— Estava numa lanchonete. Com a Rosinha, comendo uma pizza. A tal sentou-se ao meu lado.

— Também grandalhona?

— Baixa e gordinha. Bem-vestida.

— Não tinha buço?

— Você tem cada pergunta. Até bonita. Foi dizendo: *Nossa, teu corpo é bacana.* Achei que era só conversa. Mas não desgrudava um bruto olho subindo e descendo. *Onde é que você mora?* Aí por perto. *Não quer ficar comigo, meu bem?* Não respondi. *De graça. Só quero você.* A Rosinha ouviu, me bateu no braço: *Estou atrasada, Maria. Vamos embora.* E lá fora: *Viu o jeito dela?* A tal pensou que sou bobinha. Já sei o que ela quer.

*

— Curitiba está diferente. Na pensão tem uma bicha-louca. Chama-se Lu. Usa calça bem justa. Tamanquinho.

— Tem barba?

— Que barba. Faz até sobrancelha. O maior gosto é ajeitar o cabelo da gente, pintar as unhas. Outro dia esteve lá no quarto, pediu emprestada uma fôrma de bolo. Convidou a Rosinha para curtir um som. Ela foi. O amiguinho abriu a porta, coçando o peito cabeludo: *A Lu não está.* Não estava, hein? Engraçado esse mundo, João.

*

Casaco azul-marinho, blusa creme, calça cinza. Quanta saudade, meu amor.

— Estou com pressa. Não posso demorar.

Aflita para o reloginho de pulso.

— Daqui a pouco devo ligar para o sargento.

— Se é assim, pode ir.

— Puxa, você não entende, João. Com dor de garganta. Se eu passo a gripe?

— Fique de longe, você.

— Foi o maldito chuveiro. Banho frio em Curitiba, já viu. Conhece algum remédio?

— Cama, leite. Nada de sereno.

— É fácil dizer. Não sabe que estudo à noite?

— Como vai o sargento?

— Tudo bem.

— Como tudo bem? Outra vez chorou a noite inteira. Furiosa, queria se amigar com mulher.

— Agora tudo bem. Passamos o fim de semana com a sogra.

— E o baile?

— Ele quer que eu vá. O diabo é o vestido. Será que...

Depressa a interrompe.

— Você vai?

— Preciso, não é?

— Uma valsa e um beijo?

— Isso mesmo.

— Desse beijo você gosta.

— Não é beijo. Só delicadeza, João.

— Eu já sou de outras valsas.

— ...

— Como é? Você quer?

O longo cabelo no olho.

— Diga.

28

Sempre a cabecinha meio torta.

— Gosto que você diga.

— O que vim fazer aqui? Hein, João? Estou com pressa.

Ele chaveia duas vezes a porta.

— Tire a calça.

Só de blusa, calcinha, salto alto.

— Agora se vire.

— Ai, dói a garganta.

— Essa bundinha, que vontade de morder.

— ...

Saudado por trombetas e clarins. O tropel de corcéis relinchantes com bandeiras de sangue. Estremece na parede o diploma de grande cidadão benemérito.

— Já que não fala...

— ...

— ... se está gostando aperte a mão.

Ligeiro toque de três dedinhos frios.

— Agora sente. Aí não.

Reclina-se aos poucos no estreito sofá de couro.

— Deixa eu ver.

Afogueada, o cabelo no olhinho vesgo.

— Ó doce pombinha. Ó jardim das minhas delícias.

Reboa no peito o clamor de gritos selvagens.

— Mexa, você.

Babujando e gemendo — ai, como é bom gemer — e suspirando.

— Não fale assim, João. Que me encabula.

Agora o ritmo de uma rumbeira do famoso Xavier Cugat.

— Eu te mato, sua putinha.

Contorcionista sem osso? Terceira motociclista do Globo da Morte?

— Credo, João.

Gloriosa engolidora de fogo? Olho vendado, atiradora de sete facas? Ele geme e suspira. Ela, quieta — ao rufar dos tambores, a trapezista no salto suicida sem rede?

De súbito o uivo lancinante — dela, não dele. Mais alto que mil buzinas de carros. Soluça e morre ao longe na última pancada do relógio da catedral.

*

— Agora, sim. É o fim de tudo. Briguei com o desgraçado.

— Espere aí. Me conte do baile. Do vestido novo.

— Longo preto, João. Aplicações de flor, negra e fosca. Veja a nota. Ele que pagou.

— Sandália dourada?

— Preta, seu bobo. Assim posso usar outro dia.

— Que chique, hein? Tua família foi?

— Só meu irmão. Meu pai é um capiau. Minha irmã, a pobre, nem vestido tinha.

— E do sargento?

— Estavam a mãe, a tia, uma irmã.

— Então por que a briga?

— Já te conto, João. Depois da formatura, ele queria a todo custo que voltasse com ele. Não vou de jeito nenhum. Já perdi as aulas de hoje. *Já sei que aula não é. Teu macho é que vai encontrar. Tem que ir comigo.* E me jogou à força no carro. Fui gritando e chorando daqui até lá. Quanto mais eu gritava, mais ele abria o volume do rádio. Pare senão me atiro. E punha a mão no trinco. *Se atire. Se tiver coragem, se atire.*

— Você é doida. E se abre a porta? Se você cai? Se ele te empurra?

— Daí você lia no jornal: A pobre da Maria morreu na estrada.

— ...

— Chegando lá em casa ele me avançou no cabelo. Me beliscou. Agarrou pelo braço, me sacudiu, bateu sem dó. Ainda tenho a marca — quer ver?

Levanta o braço direito, procura o sinal, não acha. Daí o esquerdo, e aponta:

— É aqui, João. Bem aqui. Está vendo?

— Que judiação.

— Isso é coisa que um noivo faça?

Horas depois, sem dormir, ela pega o ônibus de volta.

— Não tenho mais sossego, João. Com tanto sono andei de olho fechado. Se você soubesse a dor de cabeça que estou.

— Também, pudera.

— Quero mostrar para esse bicho. Quem manda em mim.

— ...

— Sabe o que é uma mulher condenada, João? Uma mulher que fez o maior crime do mundo? Assim eu me sinto na rua. Parece que tem alguém atrás de mim. Em cada esquina eu paro. Imagine se, por azar, ele me vê entrar aqui.

— Nem brincando. Isso não é vida. Ou você casa ou começa a trabalhar.

— Se arranjo emprego, ele não deixa. *Chefe eu sei para que serve.*

— Então que case.

— Diga isso para ele.

*

— Como é? Acabou o noivado?

— O fingido voltou.

— ...

— Tire essa boca daí, eu disse. Longe de mim boca que puta beijou.

— Viu como é ciumenta? E se ele tem outra? Você não vem aqui?

— Meu caso é diferente.

— Por quê?

— Só venho porque preciso. Sabe, João, todo sargento é meio louco.

— Louquinha você também é.

— Ele anda sempre armado. Sabe que estou com medo?

— Não há perigo.

— Esta calça ele não gosta que use.

— Nem eu. Muito justa.

— Ele mandou tirar.

— E você?

— Não tirei, já viu. Só remexe na minha bolsa. Escarafuncha, até as notinhas ele abre. Imagine se acha o teu telefone. Ele me esgoela, João. Imagine se...

— Agora não fale.

*

Vestido creme, botão amarelo, sandália branca.

— Não tire. Esse vestido ninguém tira.

— Se não... como é que...

— Fique com ele. Eu só levanto. Devagarinho.

Erguer o vestido, ó que delícia, no tempo antigo do vestido.

— Assim você me amassa, João.

— Ai, que coisa boa. Mulher de vestido.

— ...

— Por que não me beija?

— Não gosto, já disse.

— Tem nojo, não é? Então só o biquinho.

Ao manso beliscão do elástico na calcinha responde o arrepio fulgurante no céu da boca.

— Mostre o seio.

Ela solta um botão.

— Puxa, que você é fria.

— A perna eu não abro, João. Tenho vergonha.

— Então deixe eu.

— Assim me machuca.

— Não tenha medo. Bem devagar. É aqui?

Já vesguinha, mas não fala. Ele babuja o pescoço e, sob o vestido, eriça a doce penugem da coxa.

— Pegue nele. Agrade ele.

Um tantinho intrigada, só olha.

— Cochiche no meu ouvido. Palavra bem feia. Ah, não fala, sua... Não gosta de beijo, é?

33

— Ai, João. Tenho cócega.

— Abra essa boquinha mais linda.

— ...

— Com as duas mãos.

— Você me encabula, João.

E não é que obedece?

— João, você é louco.

Delicadamente baixa o vestido. Ainda ofegante, alisa as dobras.

Noventa cigarros por dia

De roupão e chinelo, na velha cadeira de embalo. Ao pé do aquecedor, fumando sem parar. Olho empapuçado e vermelho.

— Como vai, Maria?

— Veja você. Palavra cruzada (o caderninho aberto ao lado). Jornal, quando a vista ajuda. Esse óculo é do tempo do João — nunca mais fui ao médico. E o diabo da tevê, bem alto. Já não ouço direito.

— Que nada, Maria. Você está bem.

— Não me venha com fingimento.

— Estive com o Pedro. Ele, sim, vai mal. Depois do derrame, a ideia perdida. Eu perguntava: Está melhor, amigão velho? E ele: *Boa mesmo era a jabuticaba. Lá da chácara de tia Zulma.* Eu falava de hoje, ele de sessenta anos atrás. Com a boquinha torta, chorão: *Cadê meu babador? Meu babador quem pegou?* Ele que era tão lúcido e irreverente. *Aqui no peito* — o enfermeiro mostrava.

— Outro dia fui lá. Estava bem apático. Com dois enfermeiros. O pescoço fino e mole. Bati no ombro: Ei, Pedro. Me olhe, Pedro. Você se lembra do tango argentino? Nós dois lá no salão? Eu de franjinha. Você, lindo e elegante. Sabe que o pescoço endureceu? O olhinho brilhou. Entendia tudo. Que tal nós, hein, Pedro?

— Foi namorada dele, não foi?

— Dele e do Paulo, ao mesmo tempo. Na caixeta do lápis de cor, de cada lado, o nome de um e outro. Em menina, bem sapeca. Mamãe morreu, fiquei com três anos. Fui criada pelos pais dele. Ah, quanta sova o pobre apanhou por mim. Uma vez fiz tanta estripulia que tia Dulce ergueu o chinelo. Daí tio Artur disse: *Espere aí, Dulce. Em menina sem mãe não se bate.* Eu fazia a reinação e o Pedro apanhava. Não ter mãe, já viu, é grande vantagem.

— Seu Carlos morreu foi de saudade.

— Só ficou viúvo uns cinco anos.

— Tão de repente que meu pai, não sei se você sabia, deixou o caixão aberto a noite inteira no cemitério. Manhã seguinte foi lá e como tudo estava em paz...

— E não havia de estar?

— ... mandou o coveiro fechar o túmulo.

— Bem me lembro do dia. Tinha oito anos. A mudança no tratamento das freiras do internato. Não era só menina sem mãe. Agora sem pai também. Véspera de Natal, muito alegre, saiu comigo à tarde. Comprou uma boneca loira de cachinho. Deve estar por aí no fundo de algum baú. Fomos jantar na casa de Tataia. Ele tomou café, que gostava bem forte. Depois me levou ao circo.

— O chamado do telefone, é verdade?

— Na época só funcionava até meia-noite. Tataia jura que ele tocou às três da manhã. Uma voz nervosa de mulher: *Aqui o Grande Hotel... É do Grande Hotel...* Onde papai estava.

— Só ele?

— Com meu irmão Tito. No mesmo quarto.

— Já estudante de medicina?

— Como podia? Era menino. Ele contou que o pai, com insônia, andava pelo quarto. De repente sacudiu o Tito, que cochilava: *Não aguento mais. Uma dor no peito. Corra chamar o doutor Lúcio.* O relógio da estação bateu três horas. O doutor morava num sobrado ali perto. O Tito saiu correndo. Um guarda-noturno o agarrou pelo braço: *Onde vai, rapaz, com tanta pressa? Meu pai está morrendo, não sabia?* Quando o médico chegou já era defunto.

— Tão moço. Foi uma pena.

— De manhã entrei na cozinha de Tataia. O lábio dele — isso eu vi, André — ali na pia. A marca viva na xícara — e deitado de costas lá na sala.

— O doutor Lúcio era mesmo bonitão?

— Orgulho da família. Ele, sim. O moço mais lindo de Curitiba.

— E o seu amor platônico? O pacto dele com a Rosinha?

— Nunca foi platônico. Nem houve pacto. A Rosinha, você sabe, era dona vistosa. Casada com um engenheiro Pestana. O filho era aquele corcundinha que foi chefe de polícia e namorou a Das Dores, tua cunhada.

— Espera aí, Maria. O Dondeo que namorava a mulher dele. O manso era o chefe de polícia.

— Quer saber mais que eu? O Lúcio tratava do menino. O engenheiro era tipo frio, sei lá. Quem ajudou muito foi a Dinorá Paiva, que morava na mesma rua.

Ela telefonava para o Lúcio: *Venha, doutor. Tomar um cafezinho. A Rosinha está aqui.* Os dois se apaixonaram. O engenheiro viajando e fiscalizando as obras. O Lúcio deitava com a mulher. A ele nem uma resistia: olho mais verde, já pensou? Foi um amor louco. O tal Pestana desconfiava, não sei. E se mudou de Curitiba.

— Que idade tinha o Lúcio?

— Perto dos trinta. Foi ficando triste, meio esquisito. A Beá cuidava dele. Não tirava os olhos de cima. Uma noite ele se vestiu a capricho, todo de preto. *Onde você vai, Lúcio? Não se incomode, mana. Durma. Atender um chamado.* Quando ela ouviu o baque, era tarde. Ele injetou veneno na perna esquerda. E quis escrever. Só um risco da caneta que furou o papel... Seria um R?

— O adeus à ingrata Rosinha.

— Estava na praia. Ela, o corcundinha e o marido. Que dobrou o óculo e estendeu o jornal: *Leia isso, Rosinha.*

— Era a notícia do suicídio.

— Voltaram para casa. No elevador ela chegou a rir. Quando o Pestana se distraiu, ela entrou na cozinha. Tomou o mesmo veneno, ainda de maiô branco, o pé sujo de areia.

— Credo, Maria.

— Você não sabe de nada. A Rosinha foi enterrada em Curitiba. Ao menos ficou perto do Lúcio. O marido viajou, casou, a segunda mulher fugiu com outro. Anos depois o túmulo da Rosinha foi aberto, ele assistiu à exumação. O mesmo tipo frio e durão. Quem me contou foi o seu Julinho. O coveiro abriu o caixão e ali dentro, esburacada, via-se a mortalha.

— Como é que reagiu?

— Fumando, respirando fundo, olhando para o chão. O coveiro pegou na mortalha, se desmanchou entre os dedos. E surgiu uma caveira perfeita. Os cabelos loiros se conservaram. A aliança também. A longa meia de seda, inteirinha.

— Puxa, não me diga.

— O coveiro olhou para seu Julinho, que fez sinal de cabeça.

— ...

— Com os polegares de unha preta o outro partiu o queixo da Rosinha. Nessa hora o Pestana perdeu a coragem.

— O que ele disse?

— *Não estou bem. Agora ficando tonto.* E se apoiou no ombro do Julinho. A cena foi rápida. Acho que fazem isso todo dia. Em pouco o esqueleto dobrado ali no saco.

— Tinha dente de ouro?

— Os parentes vão por isso. Senão eles profanam.

— E os cabelos ainda...

— Loiros e bem penteados. Ela morreu no auge da beleza. A única de quem o Pestana gostou.

— Por que primeiro o maxilar?

— Não me pergunte. Sei que estalou feio. O resto foi fácil.

— ...

— Seu Julinho que contou. Você não conheceu, era um velho forte, rico e viúvo. De respeito e muita cerimônia, com ele ninguém ousava. O filho, de cinquenta anos, escondia o cigarro quando ele entrava. Só diziam: *O café do seu Júlio é sem açúcar.* E eu caçoava: *Sem açúcar é a vida do seu Júlio.* Sabe que era velhinho guapo e altaneiro? Ele tinha uma namorada. A Odete, solteirona e buço oxigenado. A mãe dela, para agradar o velho, servia-se de mim. Eu é que levava o maço escolhido de cigarrinho de palha. E a broinha de fubá mimoso. Ele ficava no maior gosto. Não sei se cortejava a Odete. Sei que na procissão do Senhor Morto, quando ela passava de velhinho na cola, as filhas batiam com força a janela. O ciúme sabe por quê, não é?

— Decerto a herança do velho.

— Uma noite, lá na fazenda, fiquei com muita pena. Ele no terraço, sozinho. E as filhas reunidas na sala, muito falantes. Todas fazendo tricô. Que mulheres horríveis, André. Altas, ossudas e narigudas. O velho deixou a varanda e entrou na sala. Foi aquele silêncio. Todas de cabeça baixa estalando as agulhas... Nessa noite, para o consolar, sabe o que fiz? Me sentei no seu colo — e ele bem que gostou. O olhinho faiscava. Na boquinha um grande *Ó* de espanto. Ou delícia, sei lá. Estendi a mão e alisei devagarinho a macia barba grisalha.

— Que safadinha, hein, dona Maria?

— Sempre foi muito bom para mim. O presente dele perturbou a minha lua de mel. Era pesado, envolto em papel de seda branco. O João não deixava ninguém pegar. *Cuidado, é muito delicado. Deve ser porcelana chinesa.* Viajamos de carro; a cada solavanco, ele vigiava ansioso o embrulho. Sabe o que era, André?

— Quem sabe um...

— Simples bibelô de barro. Aquela estatueta da moça com o livro aberto na palavra *Luciana.*

— Como foi que conheceu o João?

— Estava em Morretes. Tinha dezoito anos. Hospedada com a tia Carlota. Fugindo da Sofia, minha cunhada. Mulher mais ruim que já vi. Dizem que foi mordida em pequena por um mico louco.

— Nesse tempo o João não sustentava uma polaca?

— Polaca, não. Alemã. Com ela teve duas filhas.

— Você casou por amor?

— Um pouco foi amor. Muito para me livrar da Sofia.

— Que idade ele tinha?

— Já ia nos cinquenta. Quando ele se formou, você imagine, eu estava nascendo. Era elegante, bonito, fino. A passeio em Morretes, foi visitar a gorda tia Carlota. Desde o primeiro dia falava com ela mas olhava para mim. Ficou apaixonado. Acho que a alemã já estava meio gasta.

— Daí ele te pediu?

— Queria casar na mesma hora. Foi um custo convencer o homem. Que esperasse uns dois meses. Não tinha enxoval nem nada. Bem que fui feliz. No começo.

— É sempre assim.

— Com os anos cada vez menos. Dele não posso me queixar. Logo se finou, o pobre.

— É certo... sobre o enterro do João?

— Estava desenganado. Sabendo que os dias contados. Pediu ao doutor Gastão: *Na hora em que eu morrer me embrulhe no lençol. Feche o caixão. E não deixe que ninguém me veja. Se puder, três horas depois me enterre.*

— Assim foi feito?

— Morreu às duas e o enterro saiu às cinco.

Os dois olham para a mocinha que entra com a bandeja.

— Aceita um cafezinho, André?

— Para mim, não. Já me faz mal.

— Então eu quero.

A mocinha recua a bandeja.

— Não, senhora. Nada de café. Depois não para de fumar. E ainda não come.

Bota a língua para a mocinha. Esfrega os dedos tortos perto do aquecedor. Acende um cigarro no outro.

— Como é que a gente aguentava o inverno sem lareira?

— Com o fogão de lenha aceso o dia inteiro.

— Era antes o fogo dentro de nós.

— Você vive muito solitária. Devia sair. Passear ao sol. Visitar as amigas. E deixar de fumar. Se soubesse o mal que faz.

Ali na parede a mancha de goteira e o relógio antigo, de algarismo romano, parado às dez para as cinco — desde a morte do único filho, há que de anos?

— Para mim a vida já não tem sentido. Que eu deixe de fumar? Bendito enfisema de estimação. Isto é vida? A solidão mais negra. De ninguém espero...

— Devia cuidar dessa bronquite.

— ... mais nada. Bicho tão sofrido não conheço. Até o que eu não tinha me foi tirado.

— Mas o Candinho...

— Sim, hoje vem aqui. Cumprir a piedosa obrigação. Olhando para o relógio. Me leva dar uma volta de carro. E antes que anoiteça...

Retorcida na cadeira, a tosse cavernosa dos noventa cigarros por dia.

— ... grudada outra vez na tevê.

— Sei que esteve na chácara, o fim de semana, com o Tadeu e a Luísa.

— Antes só ela mandava. Depois de velho, ele também quer. Agora que se aposentou, o dia inteiro em casa, sem fazer nada, ela já não o suporta. E se socorre de mim. Agarrada em mim o tempo todo. Me segue ao banheiro, me acompanha ao quarto. Espera eu me deitar, me cobre até o pescoço: *Durma bem, mulher.* Cedinho abre a porta, vai tirando as cobertas, uma por uma: *Acorde, mulher. Levante, mulher.* Teve coragem, sabe o quê? Me convidou para ir a Morretes. Como se lá não tivesse... o meu pobre filho... Quer saber de uma coisa, Luísa? Odeio o ar de Morretes. O mar de Morretes. O céu azul de Morretes. Odeio Morretes inteira. Precisa dizer mais? E ela, bem tonta: *Você parece louca, mulher.*

— A coitada não se lembra...

— A Luísa é irmã de Caim. Esquece que estou só, perdida no mundo. Essa menina do café vem uma vez por semana. Não trocamos uma palavra. Do jornal leio o anúncio fúnebre, o crime, a morte horrível. E haja tevê.

— E o baralhinho com os dois?

— Sabe que, quanto mais velhos, mais se odeiam? O tempo inteiro se esfolando vivos. Daí começo a brigar, eu com os dois. Ele não suporta o meu cigarro, que a fumaça é venenosa. E quer discutir sobre a morte do grande Napoleão. *Foi de câncer.* Não, Tadeu. Foi do vento encanado. *Sou coronel, eu sei. Já li três biografias.* É coronel para as tuas negras. Foi vento encanado. *Me respeite, Maria. Ou não jogo mais.*

— Ele deixe de ser bobo.

— Já não preciso de ninguém. Não quero ver ninguém. Não gosto mais de ninguém.

— ...

— Outro dia a Talica, do apartamento de cima, enfiou um bilhete na porta: *Tevê alto incomoda os vizinhos. Está surda, velha louca?* Não assinou. Sei que foi ela. Dei a resposta: "Querida Talica. A tevê é minha. Ligo tão alto quanto quero. Abraço da amiga Maria". E botei ali no capacho. Agora ela me vira o rosto.

— Por que não liga mais baixo?

— É o ouvido, André. Não ouço bem. E ainda quer que não fume?

O conquistador

— Às mulheres bem que falam. Não fazem segredo. O João e a Maria estão separados. Você conhece a Lurdinha, nora do Tataio?

— Aquela menina de olho verde?

— Casada com o Pedro.

— A moça mais bonita de Curitiba? Não me diga. Ela com o doutor João?

— Falam que ele dorme na casa. E o Pedro, enfermeiro do hospital, faz que não vê.

— Grande manso?

— É o que parece.

— Diga-se a favor do João: bom gosto ele tem. Ai, quem me dera. E a Maria, dentinho de ouro e óculo escuro, é um lixo.

*

— Verdade que a nora do Tataio é amante do doutor João? Que o marido sabe? E finge que não vê?

— Tudo mentira. Houve a intriga — e foi só. Parece que o João rondou a casa. Corno, o Pedro não é. Você até me ofende. Bugre manso, já viu?

— Manso não tem raça.

— O Pedro desconfiou. Tocou de casa a moça. Com o filhinho no braço e tudo.

— Se tocou, motivo ele teve.

— Não falo do que não vi. As vizinhas chamaram o padre Tadeu. Houve o encontro do casal. Dizem que ela chorava. Estava arrependida, não falou do quê.

— Nem precisava.

— Agora juntos outra vez. Isso eu garanto. E vivendo bem.

*

— O doutor João está perdido. A Maria o pegou no bar com a amante. O marido traído telefonou. Lá no Bar Sem Nome o João com a moça. Bebendo na maior farra.

— Isso é intriga. Acha que o João, médico de fama, ia se expor dessa maneira? Logo no Bar Sem Nome? Louco ele não é. Que a moça é linda e bem merece, ninguém discute.

*

— O doutor João, hein? Com a Lurdinha, quem diria.

— Me recuso a aceitar. Essa não.

— Mais de sessenta anos. Inteirinho calvo.

— E ela no esplendor dos vinte. Coxa grossa, mais branca. E quem sabe uma pinta de beleza. Só de pensar me dá vertigem.

— Às três da tarde surpreendidos pela tia Eufêmia.

— ...

— Os dois abraçados na capela do Santíssimo.

*

— A Lurdinha, ai quem me dera. Por ela fico de joelho e mão posta.

— Tem a quem puxar. Órfã do grande Nonô.

— O famoso galã?

— Bonito mas tuberculoso. Bigodão, bombacha e botina, fugia do sanatório. Só pensava em mulher.

— Assim eu e você.

— Um alvoroço na cidade quando ele aparecia. Os pais de família tremiam. Amigou-se com a loira Dalena. Fez nela duas filhas. Bom tuberculoso, morreu moço. Lá no sanatório, na frente de todos, a gorda freira Camila o abraçou e lhe deu um beijo. No bigode manchado de sangue.

*

— O que você ouviu do João?

— Esse doutor está pagando o que fez. Sabe a ruazinha em que mora o Pedro? Aquele beco que sai do cemitério? Onde fica o Balaio de Pulga?

— Claro.

— O beco mais sem importância da cidade. Dali o nosso doutor não arredava. Pretexto de colher erva medicinal. Sempre em volta do bangalô azul. Ares de homeopata. Da muita procura até dava sede. E pedia um copo d'água para a moça na janela.

— E a moça é bonita?

— Só bonita é pouco.

— Será verdade o que estão falando?

— Pura verdade. A mulher dele, dona Maria, está na casa da mãe. Ela e as duas cadelinhas. O Pedro é enfermeiro no hospital. Muita noite faz plantão.

— É o doutor quem escala.

— Não é que o marido chegou de repente? Encontrou o João dentro da casa. Na bandeja licor de ovo e broinha de fubá mimoso. Foi o maior escândalo. Era só cachorro latindo. Todas as vizinhas abriram a janela.

— E que desculpa ele deu? No meio da noite?

— Isso não sei. Sei que o Pedro tocou de casa a moça. Aos berros.

— Não estão juntos outra vez?

— A mãe dele sofre do coração. Ela chamou o padre Tadeu. Além de manso, o Pedro é filho obediente.

*

— Agora estão falando do doutor João.

— Dele e uma dona casada. Só vendo para acreditar. De chapéu, sempre de malinha preta, não sorri para ninguém. Em segredo o maior conquistador.

— Também com aquela bruxa. O que você queria?

— Sem falar das filhas. São insaciáveis. E vão com qualquer um.

— O que você...

— Que uma fulana, dessas bem intrigantes, ligou para a Maria. *Sabe nos braços de quem teu marido está? Da Lurdinha. Que é mulher de um enfermeiro do hospital. Se quer a prova chegue até o Bar Sem Nome.*

— E a Maria foi?

— Não sei. Só que o marido...

— O João?

— Não. O marido e a putinha estão se apartando.

— Mudaram de casa e de bairro. Nada de separados.

— Não me diga.

— E muito felizes. Esperando o segundo filho.

*

— A noite passada sabe o que no Bar Sem Nome? O João estava com o Carlito. Os dois inteiramente bêbados. De repente ele quase esganava o filho do velho Tibúrcio. Sacudia o moço pela goela: *Eu te mato, seu puto. Te dou um tiro na boca. Você quer falar de minhas filhas.*

— Quem é que não fala?

— *E de mim com a nora do Tataio. Do que não houve entre nós.*

— Perdida a Lurdinha. E não se conforma. Esse o maior castigo.

— Os dois irmãos Padilha se doeram pelo rapaz. O mais forte bateu no ombro de João: *Largue do moço, doutor. Largue senão vai ter. Daí é comigo.* E como ele é bandidão, o João voltou para a mesa.

— Esse João é um velho sujo.

— O Carlito, de sono ou medo, tinha a cabeça escondida no braço. Tudo sossegou. Sem aviso aquele grito.

— Era o João.

— Com o soco na mesa, pulou o copo, caiu e quebrou. O Carlito ergueu a cabeça. *Que merda. Que merda de vida. Os outros fazem, nada acontece. Por que comigo, Carlito, logo comigo?*

— ...

— Segundo soco na mesa e, carregado pelo amigo, o João saiu chorando.

Beijos vendidos

— Ai, que dor de cabeça, João. Chorei de ódio daquele infeliz. Pensa que telefonou? Deu o fora, sem se despedir. Fiquei sozinha. Fim de semana horrível. Naquela solidão. De manhã achei o bilhete debaixo da porta.

— Você tem aí?

— Deixa que eu leio: *Meu amor. Tive de ir embora. E ontem estava de serviço. Não quero que saia por aí. Amanhã venho te buscar. Beijos de quem te ama e sempre amou — André.*

— Quer maior prova de paixão?

— Com tinta vermelha. Viu, João? Os riscos que ele fez. Debaixo de *amor* três risquinhos.

— Dia seguinte ele apareceu?

— Sem nada que fazer. Fiquei diante do espelho inventando uma trança. De repente aquela mão no meu cabelo — tire essa mão nojenta! Não deixei que me beijasse. Mania de beijo molhado.

— ...

— A proposta dele foi engraçada. *Hoje à noite vamos a Curitiba. Você muda de roupa, assiste à aula e voltamos.* Isso é loucura, eu disse. *Não é. Tudo certo.*

— Está apaixonado.

— Se você soubesse, João. Deu tudo errado. Na vinda, seis da tarde, uma pedra quebrou o para-brisa.

Foi aquele susto. Sem tempo de mudar. Dez horas, na volta, uma ventania mais desgraçada.

— Sabe que assim o carro capota?

— Tinha o olho fechado. Não é que furou um pneu? Ele trocou. Na curva seguinte, furou outro — agora eu durmo nesta joça.

— Como ele resolveu?

— Achou telefone. Ligou para o capitão. Uma hora depois vieram os dois pneus. Quase meia-noite. Só de raiva tocou a mais de cem, o rádio a todo o volume.

— Bem fácil o carro despencar na barroca.

— Sabe que era bom? Na porta de casa, palavra de honra, as pernas tão amortecidas que caí. Dei comigo no chão. Ele me ergueu nos braços.

— Isso tudo é amor.

— Sei disso. Pior é a falta de dinheiro. Você não entende. Dinheiro nunca te faltou. Queria ver você, João. O sufoco em que estou.

— Isso passa. Nem um beijinho. Por quê? Tem nojo?

— Não gosto, já disse. Mania de vocês dois.

*

— A boquinha da Maria é linda. Ai, que boquinha mais doce.

— Pare de falar bobagem, João. Assim me encabula.

*

— Que tal o noivado?

— Tudo bem.

— Na última vez aquela desgraça. E agora tudo bem?

— É ciúme de lado a lado. Fico bem louca. Só de pensar que está com uma puta.

— E essa unha de púrpura? Por que não ao natural? Aposto que mais bonita.

— Você não sabe. Minha unha é amarela. Na outra vez uma surpresa. Apareço aqui de unha roxa.

— Daí os rapazes na rua: Lá vai uma tremenda pistoleira.

— Não chateia, João.

— Não invente mesmo. Nada mais vulgar que unha roxa.

— Hoje vou à sortista.

— Você acredita?

— Nessa eu acredito. Mora na Cruz do Pilarzinho.

— Não tem medo? Se ela põe coisa ruim na tua cabeça? Um amigo tirou a sorte. A bandida disse que morria aos trinta anos. Ainda está vivo, mas até passar dos trinta morreu não sei quantas vezes.

— Disso não tenho medo. Uma cigana me jurou que chego aos cem anos.

— Viu como é bobagem?

— Bobagem para quem diz.

*

— Desta vez briguei mesmo. Ele sumiu. Depois da manobra voltaram cansados. O capitão deu a todos uma semana de licença. O fingido se safou. Foi visitar a mãezinha querida. Pensa que acredito? Nessa hora sentado no sofá vermelho com uma puta de cada lado.

— Que cisma, a tua. Não tem prova. E você com o dentista?

— Não queira comparar, João. Não aguentei. Escrevi uma carta. Pus no correio com selo e tudo.

— Carta é documento. Só compromete. E guardou cópia?

— Sei de cor: "O senhor não me merece. Não apareça mais na minha frente. Você não tem consideração. As coisas que eu te dei pode ficar. O retrato de formatura, não. Se você não devolve, dou parte ao capitão. Seja homem, sargento. Ao menos uma vez na vida".

— Está bonita no retrato?

— Vergonha é que não faço.

— Também com aquele vestido preto.

— Agora tudo acabou.

— Coisas, você deu. E ele? Te cobriu da cabeça aos pés. Brincos, plumas e lantejoulas.

— Lá vem você. Mulher é diferente. Se visse a caneta que comprei.

— Com tinta vermelha?

— Não deboche. Deus castiga.

— E a sortista?

— Só falou a verdade. Que ele tem três mulheres de aventura. *E esse casamento*, ela disse. *Perca a ilusão, moça. Que não sai.*

— Essa sortista é outra bandida.

— Ainda me cobrou uma nota.

— A carta foi bobagem. E agora, no fim de semana?

— A Rosinha me convidou para ir à praia.

— Se quer acabar com tudo, vá. Imagine se ele te procura e você não está.

— Tem razão, João. Vamos fazer um trato? Precisa pelo menos cinco notas.

— Cinco eu não tenho.

— Sei que você não tem.

— Não tenho, e pronto. Te dou a metade. Ajuda, não é?

— Não te entendo, João.

— Quero mil beijos.

— Beijo vendido, não. Faço o de sempre. Fingida não sou.

*

— Como vai o sargento?

— Me largou no fim do ano. Só tenho chorado. Varei a noite em lágrimas.

— O que veio fazer?

— Olhar as vitrinas. Passear. Cada homem bonito.

— E eles não se chegam?

— Nem me olham.

Rindo, safadinha.

— Sei disso. Como foi de formatura?

— Se te conto do meu vestido, João. Você nem acredita.

— Era o preto?

— Outro. Um verde parecido com a tua blusa.

— Verde-musgo.

— Alcinha bem fina. Aqui, no peito, um búzio com asinha preta. Um búzio marrom.

— Enfeite?

— Enfeite nada. Para segurar tudo. Um alfinete de gancho disfarçado.

— Longo?

— Não se usa mais, João. Longuete. Tecido leve, trespassado, agora é moda. Sabe o que acontece?

— Diga.

— Não sabe? Não vê televisão?

— Explique.

— É aberto no meio. Mas ninguém vê. Quando você cruza a perna, um dos lados cai, tudo à vista — uma banana sem casca.

— E o sargento gostou?

— *Lugar desse vestido é no armário*, ele disse. *Não quero mais que use.*

— Devia estar linda.

— Feio é que não fiz.

— Quem pagou?

— Meu irmão. E tanto a gente gasta — creme, xampu, esmalte —, quando vi, faltava dinheiro.

— Aí o sargento pagou?

— Pagou não, João. Inteirou.

— E a formatura como foi?

— Chegamos em casa às duas da manhã. Sonhei com os anjos. No dia seguinte foi grande alegria. Ele passou o dia comigo. Na casa de minha irmã, só para me exibir — afinal eu posso, não é, João? —, fiz de propósito. Cruzei a perna, um lado do vestido caiu e ficou aquela coisa.

— Se ali estivesse eu passava a mão. Ai, coxa branquinha lavada em sete águas.

— Ele, não. Ranheta e resmungão: *Desse vestido o lugar é no armário*. Vê se estou ligando. Qualquer dia saio com ele na rua.

— O que tem o sargento é ciúme. Por que não casa?

— Hoje vi o dentista. De manhã.

— Ele te viu?

— Buzinou, riu, deu adeusinho.

— E você respondeu?

— Decerto. Outro dia liguei para ele. Caiu uma obturação. Sei que não tem garantia. Vou lá e não pago nada.

— Um beijinho esse dentista não deu?

— Lá vem você. Até parece o sargento.

— Não o acha lindo?

— E daí? O que é que tem?

— Um carinho não houve?

— Não chateia, João.

— Algum namorado novo?

— Não gosto mais de homem.

— Então de mulher?

— Qualquer dia vou a um terreiro. Só para me atiçar.

— Você é uma veada, Maria.

— Credo, João. O que é veada?

— Só brincando.

— E a Aurora Pires o que é?

— Ela é homem. Tem a voz de homem. Fuma que nem homem. Se pega uma menininha feito você, nem sei o que acontece. Ela nunca te cantou?

Olho bem vesgo debaixo da franjinha.

— A Aurora já conheço de fama.

— Nenhum namoradinho novo?

— Este ano, te garanto, sai casamento.

— Não te entendo. O sargento não te entende. Você é fria.

— ...

— E nem sempre. Duas ou três vezes aqui você gemeu. Quase tinha ataque.

— E os meus nervos? Não sabe, João, o que é sofrer dos nervos?

— Já te acalmo. Tire a blusa.

— Me despenteia.

— Se não tira, nada feito.

Braba, sob protesto, obedece.

— Não mexa no sutiã.

Azul bem claro. Ela mesma reparte em metades perfeitas o doce pesseguinho salta-caroço.

*

Sem saber mais o que fazer, o doutor se deita vestido, de paletó, sapato e tudo, ali no tapete.

— Procure. Ele está por aí. Ache, você.

*

— Quando passeio na rua, os outros me olham, é nele que eu penso. O diabo do homem não sai da minha cabeça. Que será que ele quer, João?

*

— Agora numa pensão de japoneses. Eu e a Rosinha. Um quartinho, o banheiro comum. Direito ao café da manhã. Aguado com pão de ontem, margarina rançosa.

— E o almoço?

— Comi uma vez. Não gostei. Uns fiapos verdes. Como tempero, aquela coisa que é boa para susto.

— Que coisa?

— Um chá.

— De hortelã?

— Isso mesmo. Deixa o friozinho na língua. Japonês não sabe cozinhar.

— Como é que sobrevive?

— Um lanche. Às vezes almoço na casa de uma amiga.

— Aquela do apartamento chique?

— Tudo você sabe, hein?

— E o marido?

— Esse viaja. Nunca está em casa.

*

Blusinha de alça. Calça azul-escura. Mão pequena, pezinho lindo.

— Arranjei emprego.

— Até que enfim.

— Queriam me ensinar a técnica de vender. Fui logo dizendo: Pensam que sou burra? Que bato na porta: "Estou aqui para vender revista"? Sei o que falo. Tenho outras conversas. Não tenho, João?

— Muita gente vai te fechar a porta na cara.

— De homem, fecham. Tenho meus encantos. Sei como fazer.

— Ah, é?

— Não quero receber ainda. Não posso ver vitrina. Enfeite é a minha perdição. Tudo que é bonito.

— Como é que ergue?

— A blusa não tiro. Desmancha o cabelo.

— Então nada feito.

— O peitinho eu tiro. A blusa, arregaço.

Ele faz força.

— Não abre, João. Cuidado com a alça.

Baixa a calcinha rosa. Negando o beijo, o rosto de lado, a cabeça para trás.

*

— Como é o sargento?

— Vem amanhã.

— Agora está mais longe. Não pode vir e voltar no mesmo dia.

— Cabeceando de sono, quanta vez dormiu na direção. Para acordá-lo eu dava cotovelada.

— Sorte não morreram os dois. Acha que ele casa?

— Não sei. Minha vontade, João, é arranjar um noivo. Ontem marquei encontro. Com um rapaz lindo. Na hora, como sempre, não tenho coragem.

— Ia te levar para o hotel?

— Você é malicioso, credo. Tomar um chope. Nem encontro nem aula. Fiquei com dor de cabeça. Não dormi a noite inteira.

*

— Sabe que amanhã ele faz anos? Sou mesmo uma boba. Mandei um cartão. Antes eu dizia: "Com beijos da tua Maria". Agora sabe o quê? Só duas palavras: "Meus cumprimentos".

*

— Tem sido muito cantada?

— Às vezes. Mas não é como você pensa. Outro dia um deles me disse: *Com medo de me apaixonar, menina. Daí estou perdido. Não tenho futuro para você. Sou casado, dois filhos. O cabelo, ai de mim, todo branco. Mas nunca vi guria como você. Assim tão linda.*

— Esse não é o que...

— Não me atrapalhe, João. Ele disse: *Não quero nada. Sei que é virgem. Te respeito. Não precisa tirar a roupa. Vestidinha mesmo. Olhe o que te dou.*

— ...

— E mostrou duas notas das grandes. *Só quero que me beije.*

— Não te deu uma tentação?

Muito ofendida.

— Engraçadinho.

— Como é que eu e você?

Bem séria.

— Você é limpinho e cheiroso.

Já disposta a brigar.

— Me acha com cara de beijar qualquer um?

— Me diga, Maria. Mas não minta. É mesmo virgem?

Caçoando e sorrindo.

— Às vezes tenho minhas dúvidas. Um estudante de medicina que me adora. Peço um exame das partes baixas.

— ...

— Depois te conto o resultado.

*

— Telefone para mim, João. Este número. É da casa de um professor. Sempre a mulher que atende. Ela não pense que o velhinho está sendo descabeçado.

Ele disca o número.

— Da casa do professor Gaspar?

— Quem o deseja?

— O Fausto.

— Aguarde um momento.

Entrega-lhe o fone.

— E se ela volta?

— Daí desligue, sua burra.

— Como é? Pode me levar hoje?

Ela era o Fausto. Na presença da mulher desconfiada.

— Então à uma e meia. Naquela esquina. Entendeu? Tiau. Não esqueça de mim.

— Muito bonito. Com o professor Gaspar, hein?

— Nem diga isso, João. O velhinho mais inofensivo do mundo. Bom como ele só. A bundinha, coitado, bem murcha.

— Esse interesse por você?

— E meu por ele. Gosta de moça bonita. Só de guiar com uma bela companheira ao lado fica bem feliz. Quem consegue dos outros a assinatura da revista? Me valho do prestígio dele. Entendeu agora?

*

— Às vezes me dá vontade de virar puta.

— Sabe que não resolve? Já viu puta rica?

— E não vi? No meu prédio duas delas de carrão novinho.

— E depois que as rugas chegam? Adeus, puta.

— É. Eu preciso casar.

*

Furiosa, volta do banheiro.

— Desmanchei a barra da calça. Foi a maldita sandália.

— Depois você costura. Agora não fale.

Blusa amarela. Sandália de cigana. E a faceira bundinha de fora.

— Tire a blusa.

— Já vem você. Não tiro.

Bem ele gosta que tanto se negue.

— Então mostre o peitinho.

Ao abrir o sutiã.

— Está doendo hoje.

— Agora sente. Deixe que eu te beije. Sabe que tem a mais linda boquinha do mundo?

— ...

— Venha mais perto.

Ela se reclina molemente no sofá.

— Não faça luxo. Gema. Grite, amor.

Olhe eu aqui, ó Senhor. De joelho e mão posta.

— Diga que me ama.

O pior é que ela vê a coroa do velhinho.

— Pelo menos agora. Fale, amor.

Você diz alguma coisa? Nem a doce ingrata.

— Fale, amor.

Ganindo ali na porta do paraíso perdido e achado — olho aberto que nada enxerga.

— Veja eu. Gemo. Suspiro. E canto. Salve, salve, ó lindo pendão... ó símbolo augusto...

Na hora, sim, nem precisa pedir: ela uiva, uma verdadeira cadela.

— Cuidado. Alguém pode ouvir. Mais baixo.

*

— Que são essas unhas de vampiro? Não gosto dessa cor.

Leitosa de tão branca.

— Está na moda.

— Não na minha moda.

— Veja só o que ele pensa.

— Por que não me beija? Boca fechada, só virando a cabeça?

— Estou com afta, João.

— Não me venha de afta, você. Nem respondeu à minha pergunta. Tem nojo de mim?

— Vê se ia ter. Não gosto é de beijar. Não beijo ninguém.

— Não sabe o que está perdendo.

— Nem minha mãe eu beijo.

Feliz Natal

— Gosto quando você vem. Me distrai.

Retorcida na velha cadeira de embalo. Roupão de seda manchado e desbotado. O jornal disperso no chão. Chinelo de feltro gasto no calcanhar — nervuras azuis na canela branquíssima. Tossindo violentamente, o cigarro na mão.

— E a mocinha — saiu?

— Não é domingo? Me apresentou o namorado. Um mulatinho de calça amarela. Com uma rosa vermelha na mão. Já imaginou?

— Posso baixar o rádio?

A eterna careta da fumaça no olho raiado de sangue. Na mesinha, ao lado do rádio, ele suspende o óculo.

— Você nunca limpa essa lente?

Embaçada de poeira e gordurosa dos dedos de pontas recurvas. No ar a morrinha de água podre, pó de arroz antigo, flor mofada, mil tocos de cigarro.

— Que tal o passeio de carro? Com o Tadeu e a Luísa?

— Foi a última vez. Nunca mais.

— Os dois brigando sempre?

— Me encolho no banco de trás, quietinha. Na primeira curva, ela pega-lhe no braço — *Olha o caminhão. Você está na esquerda*. Ele se assusta, para cá e para lá. *Cuidado, Tadeu. Aí o caminhão.* Bem torto na direção, aos berros — *Cala a boca, velha. O carro é meu. Dirijo como quero.* Depois o chorrilho de palavrões. *Sai da frente, seu barbeiro. É picego, desgraçado?* Cada caminhão que vem, ela cobre o rosto — *Ai, meu Deus.* Lá atrás, fecho o olho e entrego a alma. Não percebeu o viaduto e passou de viagem — perdidos mais de uma hora. As pragas que ele rogou na pobre mulher.

— Como pode guiar se não enxerga?

— Pior que catarata e glaucoma — fez até aplicação de raio laser. Um crime esse velho cego na direção do carro.

— Cego, louco e sovina.

— Trinta anos ele entregou o soldo fechado no envelope. Ela concedia pequena mesada para o jornal, o cigarro, o ônibus. Agora, não. Desde que se aposentou, ele se vinga e nada lhe dá. Com isso a Luísa não se conforma.

— É o famoso avarento de todas as histórias.

— Na minha infância negava até água gelada — só meio copo, e da moringa. A única geladeira da cidade que tinha chave.

— Uma vez a esqueceu aberta. Comi todo o sorvete de abacate — até hoje sinto o gostinho ruim. E lá na chácara, como foi?

— Lá ele nos deixa. Sai de casa com um bordão, segundo ele, para matar cobra. Só volta para o almoço. De longe bradando de fome. Tateia com o bordão, sem achar a porta. Enquanto espera, enche o prato fundo. Canjica e grossas fatias de goiabada. Esganado e se engasgando, espirra os perdigotos branco e vermelho.

Aos berros sobre a batalha de Waterloo. O grande Napoleão esquecido pela mãe ingrata.

— Só fala na própria mãe para chamá-la estremecida.

— Estremecida, sim. Lá no caixão. De tanto ser odiada. Ciúme do irmão doidinho e preferido. Dela tudo era para o caçula. Um amor exclusivo entre os dois. Não havia lugar para o Tadeu. Se achava o órfão enjeitado.

— O Virgílio critica muito o Tadeu.

— Sem razão. Ele é pior. Sabia que esconde o dinheiro entre as páginas dos livros de história? O predileto é *A vida de Joana d'Arc*.

— Logo ela que acabou na fogueira.

— Qual o ladrão que folheia um livro grosso de capa dura?

— Uma pena que o João e o Virgílio fossem brigados.

— Meu João era mais importante do que você pensa. Sabia que tinha um diploma assinado pelo Kaiser? Já imaginou?

— Onde ele fez esse curso?

— Em Berlim. Depois gozou a vida em Paris. Morou nos Campos Elísios. Dormia em cama de guarda dourada. Toda noite imaculado lençol de linho. Casados, eu e ele voltamos a Paris...

— Não sabia que andou por lá.

— ... quando anoitecia. Foi um deslumbramento. Ele me apontou os lugares. Até melhorei da miopia.

— Me fale da briga com o Virgílio.

— Primeiro morreu a mãe do João. Estava em Paris. Sempre me explicava o que sentiu ao abrir o telegrama:

"Mamãe acaba falecer". *Senti fome, Maria* — ele me disse. *Uma bruta fome que nada podia saciar.* Comeu ferozmente. Se empanturrou ao ponto de passar mal. Queria comer a própria dor.

— Sei que gostava muito da mãe.

— Com o fim dela, o Virgílio escreveu que o pai precisava mudar de clima. E pediu ao João que assistisse o coronel no Rio. Enquanto ele, o mais velho, cuidava dos bens comuns. No Rio a clínica do João foi um sucesso.

— E o pobre coronel, apesar do clima, se finou.

— O João voltou a Curitiba para saber que fora miseravelmente roubado pelo irmão. Se adornou de quase tudo da mãe e do pai. Ao João disse o melhor advogado: *Sou amigo da família. Não posso me envolver. Nessa trama bem que vejo um grosso fio vermelho.*

— O fio vermelho da traição.

— Desgostoso, o João — com todos os cursos e diplomas assinados pelo Kaiser — vendeu o pouco que sobrou e se isolou numa fazenda em Morretes. Ele que em Paris dormia na cama dourada. Sabe quantos anos ficou no meio do mato? Doze ou treze, sei lá. Dedicado à leitura e criação de bichos. Plantava cana, mas fechou o alambique — a cachaça é o veneno do homem. Barba crescida, de ninguém apertava a mão — a famosa mão peluda de Caim.

— Como foi com a alemãzinha?

— Era muito branca e vistosa. Ele a destinou para a cama e a mãe da alemãzinha, coitada, para o fogão. As duas o convenceram a acender o alambique para sobreviver. Destilou a cana, provou e gostou. Desde então apreciador de velha aguardente.

— Fez quantos filhos na alemã?

— Três filhas. E ela, de propósito, botava o nome dos parentes dele. E a terceira, o João nunca fez segredo, dele não era: *Essa eu reconheci, mas não é minha. Filha do primo Bento, que passou as férias na fazenda.*

— E a mais bonita das três.

— Um belo dia o João foi provar a célebre cachaça da tia Carlota. Me viu na janela — eu de olho azul e franjinha — e se apaixonou. Quis ficar noivo na mesma hora. Antes reconheceu e internou no Lar das Meninas as três filhas.

— Daí vocês casaram e foram felizes.

— Essa alemã nunca me enfrentou. Mas como perturbou a nossa vida. Telefonava para ameaçá-lo, amante desprezada faz isso. Quando eu atendia, ela ficava quieta e desligava — não tinha coragem. Bem reconhecia o seu silêncio. Achava nos bolsos, ao mandar o terno para o tintureiro, retratos das meninas e cartas da alemã, sempre inconformada. Eu tinha vinte e um anos, não esqueça. Ele, quase cinquenta. E ela, mais de trinta e cinco.

— Você lia as cartas?

— Como podia?

Traga fundo, olha aflita para a janela, arregaça o lábio violáceo da falta de oxigênio — os dentinhos negros de puro alcatrão.

— Era tedesco. Para entender só mesmo o João...

— ... o velho Kaiser.

— Eu comprava a roupinha das meninas, calçados e luvas, tudo do bom e do melhor. Uma vez o João ficou na porta da loja, esperando. Quando saí o encontrei roxo de raiva e um pouco adiante iam a alemã e as três meninas. No consultório, a sala cheia de clientes, ela ficava na esquina e mandava entrarem as pivetes, descalças e em trapos. Ele abria a porta e dava com as três, choramingando, mãozinha suja estendida.

— Puxa, essa alemã reinou.

— Ia à casa do Virgílio, a quem o João votava o mais fundo desprezo. E o tal dizendo que fazer filha o doutor João sabia, mas não amparava. Logo quem!

— Durou muitos anos?

— Um dia tudo acabou. A alemã viajou para São Paulo. Amigada com o trapezista do circo. O João bem que pagou tudo — até morrer.

— É certo que o Virgílio no último dia quis se reconciliar?

— Só de hipócrita. Na véspera da morte do João. Estava lúcido, ainda falava. O Virgílio bateu na porta. Eu que atendi: Espere um pouco. Não mandei entrar. O João esmorecido de entorpecente. João, olhe para mim. O Virgílio está aí. Quer falar com você. Ele suspirou e gemeu: *Hoje, não. Amanhã, não sei.* E eu, mal de mim, usei de palavras que, se ele ouvisse, não me perdoava. Disse ao irmão que o pobre não podia se comover. Qual emoção, a cara não queria ver, mesmo na hora da morte. Não ódio nem amargura, simplesmente nojo.

— E as meninas?

— Tudo reparti com elas. Reparti a minha miséria. Até a pensão reparti. Elas cresceram, moças bonitas, casaram as três.

— E quando o João morreu?

— A carniça — como diz a Joana do Euzébio — a carniça da Santinha mais que depressa veio com as meninas. Mas não adiantou. O caixão estava fechado. E o enterro não demorou a sair.

— Tudo acabou aí?

— Foi o começo da subida do meu calvário.

— Não deve se culpar. Um acidente. Não foi intencional. O pobre rapaz...

— Não quero falar, André. Você não entende?

— O João foi sempre generoso. Graças a ele, quase o Doca chega a doutor.

— Eram colegas de pensão, no Rio. O pobre Doca, tão miserável, só tomava uma sopa — o único alimento do dia. O João reparou que ele se consumia de fome e pagou as refeições. Só depois que a dona garantiu não contar ao amigo. Não queria humilhar o Doca muito aplicado no seu curso e tomando dignamente a sua sopa.

— Ele inventou a milagrosa cera para dor de dente. Vendida até hoje pelo nhô Carlito da farmácia.

— No quarto ano voltou nas férias para casa. De manhã fez a barba, beijou a mãe e anunciou que o culpado de tudo era o governador — ele iria matar o governador. Montou no petiço e, a velha garrucha na cinta, rompeu a galope. Num boteco, à beira da estrada, o tordilho parou estropiado. Ali estavam três cavalos amarrados no palanque. O Doca se decidiu pelo branco e partiu em disparada, na pressa de matar o governador. O caboclo deixou no balcão o copo de cachaça, saiu da venda e, no instante em que o Doca passava pela ponte, sacou da pistola, fez pontaria, acertou bem na nuca. Acertou o Doca antes que ele matasse o nosso governador. E foi uma pena. Moço lindo estava ali.

— Quem tinha paixão por ele era sinhá Eufêmia. Ela que me deu o primeiro banho. A mulher mais feia da cidade.

— Você está confundindo, André. Sinhá Biela que era feia, a irmã mais velha. Ela que dizia: *Não dê aos filhos nome comprido e difícil. Você não tem tempo de chamar cada um na hora da revolução.*

— Você conheceu o Virgílio, não foi, quando nem sonhava casar com o João?

— Pois conheci. Careca, bigodinho e luva amarela, grande mulherengo. Um mulherengo malcasado. Dona Santinha era uma virago.

— Primeira vez que fui à casa dela já me mandou comprar banana. Caturra e bem madura. Tanto medo, saí correndo.

— Ele andava de baratinha azul. Na Curitiba dos anos vinte, já pensou? Quando me via na rua, parava o carrinho: *Entre, menina. Eu te levo a qualquer lugar. Até ao fim do mundo.*

— Você recusava?

— Às vezes, aceitava. Difícil negar, era insinuante o velhinho. Mas sabia me defender.

— Ele tecendo sempre o fio vermelho da mentira.

— Quem perdeu a Olinda Paiva foi ele. Sabe que ainda vive? Solteirona, bem velhinha, desencaminhada para sempre.

— Era famoso no tango argentino.

— Bailando no clube enlaçava o pescoço da dona Santinha, bem mais alta. Uma noite fomos ao cineminha. Não dona Santinha, não frequentava esse ambiente. À saída, voltamos a pé. Na frente, o Lulo e a Zina de braço dado em pleno idílio. Ele a chamava de *cuor ingrato*. Noite quente, me lembro até hoje. Logo atrás, seu Virgílio, o Ditinho e eu. Gesto de irmã — fique bem claro, André —, eu voltava de mão com o Ditinho. Simples menino de calça curta. E então o Virgílio falou: *Gostaria muito, menina. Se o Ditinho fosse mais crescido, que casasse com você. Teu carinho por ele me comove.*

— Que safado, hein?

— O carniça do velho só queria que eu pegasse na mão dele.

Sacudida pelo acesso de riso e tosse, enxuga na mão trêmula o olho molhado.

— Não adianta, eu sei. Pedir que não fume.

— Quer teimar comigo? Quer saber melhor que eu? A puta vida não é mais que o sopro...

Acende raivosamente o vigésimo primeiro cigarro da manhã.

— ... com que você apaga o fósforo.

— Está bem, Maria. Posso fazer alguma coisa? Não precisa de nada?

— Você não entende? Que eu não tenho futuro? Há vinte anos perdi o meu futuro.

— Você devia sair. Visitar as amigas, sei lá.

— Quando posso, não saio. E quando saio, não falo.

— Sabe que dia é hoje?

Na parede o relógio há vinte anos parado. E a moldura de pó dos antigos quadrinhos retirados e escondidos.

— Tão curta a vida nem penduro a folhinha na porta.

— Véspera de Natal. Por que não vai à casa do...

— Já disse que não.

— Nesse dia me lembro do Bode Preto que fez correr três gerações de meninos. Altão, magricelo, os cacos de dedos — bêbado partia lenha com o machadinho. Lenço vermelho com quatro nós na carapinha de neve — nunca teve menos de cem anos. Na gengiva encarnada o último canino. Um monstro daquele tamanho, aos frangalhos, pulando nos dedões inchados de bichos-de-pé. Aos berros correndo atrás de mim e de você que roubava amora nos fundos da sua tapera.

— Amora mais doce nunca houve.

— E o Bode Preto, de quem todos corriam, só corria do seu Virgílio.

— Era vê-lo e saía na disparada, manquitolando e sacudindo o bordãozinho.

— Homem feito, qual a minha surpresa ao descobrir que, em vez do ladrão de menino, era um santo preto velho. E na véspera de Natal, de joelho e mão posta, me pedia alvíssaras e bons anos.

— Só desejo que esteja vivo, coçando ao sol o bicho--de-pé e comendo amora com o único dente.

— Bem, Maria. Tenho de ir.

— Não sabe abrir essa porta. Só eu. A mesma chave secreta da geladeira do Tadeu.

— Você devia aceitar. Já faz tanto tempo. Foi acidente. Um rapaz tão alegre. Limpando a arma. Decerto não teve intenção.

— Me proibi de falar no meu filho.

— ...

— Puxa, não entende, André? Sabe lá o que é amor?

Acende um cigarro na brasa do outro.

— E ainda quer que não fume?

— Nunca se deve perder a esperança. É o pior pecado.

— Ninguém tenha pena de mim. Não admito, ainda morrendo, que alguém diga — essa pobre Maria.

Um de pé diante do outro. É véspera de Natal — nem um deseja feliz Natal ao outro.

A carneira violada

— Estou desonrado, doutor. Isso não fica assim. De minha filha a carneira foi violada.

— Que carneira é essa?

— A carneira do Campo Triste. É um lote. Tem a cruz com o nome dela.

— Morreu há quanto tempo?

— Treze anos faz. Finou-se de parto. O marido não acudiu. Ela foi se esvaindo.

— E a velha está com ela?

— Aqui na cidade. Muito custoso levar o corpo.

— Afinal mecê explique. Tem papel passado? Que o lote é seu?

— Foi trato de boca. Com o finado prefeito Padilha.

— Assim a prova é difícil.

— Sem ordem minha, enterraram lá o carniça do Pedro. Aquele, o doutor conhece, que matou o irmão.

— Esse crime faz anos.

— Mais de quatro. Então, doutor. De lá posso tirar o corpo?

— Mecê não pode. Tem de esperar que vire esqueleto.

— E quanto tempo manda a lei?

— Em cova comum acho que seis meses.

Quieto, olho baixo, remoendo a raiva.

— Por falar em esqueleto. De sua filha o que pode ter?

— Tem o osso. O doutor não sabe que o osso a terra não come?

— Nem me lembrei, nhô João.

— Pois tem o osso. Que é sagrado.

— Me conte do Pedro.

— Caiu de uma erveira. Foi castigo. Bem no dia, bem na hora em que matou o irmão.

— Caiu, como?

— De costas. Tão bêbado.

— Não houve inquérito?

— O inspetor abafou. O homem era seu camarada. Não quer complicação — e repuxou com o dedo o furioso olho esquerdo. — Diz que morreu de pontada no peito.

— Como foi o crime?

— Eram irmãos. O Lauro e ele, Pedro. Casados com duas irmãs, minhas sobrinhas. Uma feia, outra bonita.

— Os dois bebiam?

— E como. Essa gente só bebe. O que matou tinha medo do que morreu. Esse, o Lauro, era mais forte. Brabo e desaforado. Nessa noite os dois estavam borrachos. Como sempre. Tiveram uma discussão no erval.

— Sobre o quê?

— Briga de bêbado é sempre a mesma. Nem eles sabem por quê. O outro resmungou, cuspiu no chão, saiu na frente.

— O que morreu?

— Não. Pedro, o que matou. Era mais franzino. Saiu na frente e foi para casa.

— Os dois moram perto?

— Um a par do outro. Ali no Mato Queimado.

— E daí, nhô João?

— O Pedro estava em casa. O dia não tinha clareado. Lauro chegou bufando e bradando: *Onde é que está esse corno?* Dava para ouvir de longe. *Esse corno onde está?* De repente o pontapé na porta. Essas portas do sítio, o doutor sabe, abrem até com empurrão. Só o tempo de o Pedro fugir pela janela do fundo. Antes alcançou a espingarda na parede.

— Carregada?

— O doutor já vai ver. Daí voltou devagarinho. Enquanto a mulher amansava o homem brabo.

— O que ele dizia?

— *Porque eu mato e arrebento.* E a dona o entretinha. *Se acalme, compadre. Tenha paciência, cunhado.* Onde está o corno? *Não presta chamar dessa palavra o seu irmão.* A água tinha fervido, ela ofereceu o mate. *Não estou agravando a comadre.*

— Será que...

— Enquanto isso o outro foi rodeando a casa. Escondido lá na sombra. No degrau da porta, ergueu a espingarda, fez pontaria.

— Não estava escuro?

— Um lampião alumiando a cozinha. Bem a par da cabeça do que morreu. Pudera não acertar.

— Um tiro só?

— Chumbo grosso. De matar veado.

— Não arriscou de atingir a mulher?

— Bêbado não pensa. Sorte dela que na hora se afastou. O Lauro e a dona rente ao fogão. Ele deu a última chupada no mate e estendeu o braço. Assim que alcançou a cuia para a mulher, já sem nada na mão, veio o tiro.

— Barbaridade. Imagina o estrago. Mecê falou nas irmãs. Uma feia, outra bonita. A do Pedro, qual era?

— A bonita. O doutor acha que... Nunca pensei. Para mim, só arte de bêbado.

— Foi a júri?

— E absolvido. Era cabo eleitoral do prefeito.

— Agora está morto. E enterrado. Por que mecê não aceita?

— O doutor quer que explique outra vez? Primeiro abriram a cova, que era sagrada. Sem ordem minha. Depois profanaram o osso da filha. Não tiveram respeito nem pela cruz.

— ...

— E mais, doutor. Lá enterraram um carniça. Bêbado. Matador do próprio irmão.

— Tenha paciência. E perdoe.

— Quero a cova limpa. A pobre moça deitada ao lado de um bandido. Isso é justo?

— E se nhô João morre? Junto de quem fica? Da velha ou da filha?

— Ainda não pensei, doutor.

— Mecê vá em paz. Sem prova não cabe ação.

— O lazarento do Padilha, antes de se finar, me garantiu. E a palavra do homem já não conta?

— Disse bem, nhô João. Não conta nada.

A guardiã da mãe

— Essa não. Você trouxe a menina?

— Não pude me livrar. A guardiã da mãe, não é, filha?

Vestidinho branco, uma fita vermelha em cada trança bem preta, sapato prateado.

— Com quatro aninhos. O pai que exige.

Sentada quieta, mãozinha cruzada. Sob a franja o grande olho esperto, rabinho que o cão acena sem parar.

— Soube da Zefa?

— Vi de longe, outro dia. Na janela.

— Acharam caída perto da cama. Assim que soube, fui lá. Fomos de carro.

— Como estava ela?

— Nunca vi a casa tão limpa. Os irmãos pagaram uma criadinha. A Zefa mesmo doente se arrenegava. Reclamar do quê? Tudo tão arrumado. Nem parecia a mesma sala.

— Pronta para o velório. Não é difícil. Tão pequena.

— Nem tanto. Quem varre todo dia é que sabe.

— E a água? Como se arranja?

— Tem uma torneira.

— E o resto?

— O resto é a casinha. Pobre Zefa, é do tempo da casinha.

— Ela te conheceu?

— Conversou bem.

— Do que vive?

— Ninguém sabe. Os vizinhos acodem.

— Ela caiu de fome. Estava comendo água. Não fala de morrer?

— Engraçado. Doente, morte é assunto proibido. Melhora, é só no que fala. Para fazer dó. Nela tudo é teatro. Se chego de ônibus, e sabe que não pode vir comigo, sou filha ingrata. Desta vez fui de carro. Vim te buscar, Zefa. Daí não quer.

— Quem cozinha?

— Ela mesma. Carrega no sal. Esta menina...

Olhinho lá longe, faz que não ouve. Balança no ar a perninha gorducha, exibe o sapato novo — melindrosa que nem a mãe.

— ... uma vez comeu uma asa de galinha e passou mal.

— Ainda faz cocada e pé de moleque para vender?

— Agora, não. Uma aguinha no fogão. Miserável. Lá da cama gritando com a moça.

— O dinheiro escondido no colchão de palha?

— Comida indigesta é com ela. Bolinho de feijão. Quanto mais gorduroso, melhor. Linguiça. Com torresmo.

— Assim ela não dura.

— Será que alguma coisa não mereço? Ela me criou. Muito me judiou.

— Te batia?

— Ai, me perseguiu.

— Nada impede que dê a você o que tem. Já falou com ela?

— Tem medo dos irmãos.

— Se ela quiser, não podem proibir. A idade que atrapalha.

— Quase oitenta anos.

— Está bem da cabeça?

— Passou quatro dias lá em casa. Só dormia. Tomava café e dormia. Almoçava e dormia. De noite, sim, acordada. Pitando e resmungando a noite inteira. Daí fiz uma experiência.

— O que você fez com a velha?

— Peguei um papel: Zefa, assine aqui. Com aquele óculo torto, molhando a caneta na língua, ela me olhou: *Já não sei meu nome. Esqueci o nome.*

— Ih, assim não dá. Como vai de único dente? É o canino esquerdo?

— Botou chapa. Só em cima. Embaixo não se acostuma.

— Não mexa aí, menina.

A mãozinha viageira rondando o copo de canetas coloridas.

— Sabe ontem quem eu vi?

— ...

— O André. Passou por mim e não me olhou, o bandido. À noite sonhei com ele.

— Sonho na cama?

— Você, hein? Ele aparecia falando ali na rua.

— E foi bom?

— Nem queira saber.

— O tal que ensinou a gozar?

Ele olha a mãe que olha a menina — sempre de olhinho perdido.

— Foi com ele?

— A gente era muito bobinha. Aprendi depois.

— Nos bons tempos de nhá Lurdinha?

— Ela nos fazia passar fome. Que dona ruim. Quando vinham os doutores, aquela gente fina, eu dava graças. E as outras gurias também. Se você soubesse, um bife com batatinha frita, como é bom.

— Bem que eu sei. E o viúvo da travessa Itararé?

— Há muito que não vejo. Fica todo vestido. Já não pode, o infeliz. Só aprecia. Eu que faço tudo. Copio de uma revistinha.

— Ele não...

— Depois te conto. Tive um encontro, outro dia. Um velho conhecido.

— Não me diga que o nhô João.

— Que nada. Um vizinho.

— Velho conhecido de cama?

Os dois olham a menina que olha o quadrinho na parede.

— Ele que te procurou?

— Eu telefonei. Estava precisando. Sabe como é.

— Onde foi?

— No motel. Pena que tão depressa.

— Ele funciona?

— Pudera. Tem filho de três anos.

— E você? Com teu marido? Nada entre os dois?

— Engraçado. Mulher que amarra a trompa fica fria

para o marido. Para os outros, não. Você me entende. Por que será?

— Eu é que sei?

O doutor aflito com a mãozinha rapinante que rodeia o boizinho amarelo de barro.

— Não bula aí, menina.

— Te contei do carpinteiro?

— Acho que não.

— Foi lá uma tarde consertar o balcão. Eu passava pela sala, sentia o olho atrás de mim. Mulher sabe, ela adivinha. Não foi dita uma palavra. Voltei da cozinha, olhei aquele braço mais peludo. Me deu uma coisa.

— ...

— Ele deixou o martelo no assento da cadeira.

— Com dois pregos ainda na boca?

— Não brinque, você. A cama estava perto. Só fechamos a porta. No berço ao lado esse anjinho dormia.

— Foi bom?

— Melhor por causa do perigo. Duas da tarde, já viu. Bem que gostei.

— Foi por cima?

— Como eu gosto.

O doutor estende o braço por entre os códigos na mesa.

— Pena que não voltou.

Ela pega com os dedinhos ligeiros, que se fecham — o roxo da unha descascando.

— Decerto ficou com medo.

Não é que, sem aviso, a menina avança a mãozinha, abre os dedos da mãe, agarra a nota amassada?

— Dá pra mim.

A dona quer protestar, em vão.

— É minha.

Repete a menina. Gesto tão natural, não parece a primeira vez. A guardiã feroz da mãe.

Doce mistério da morte

— Queria te perguntar, Maria…

— Fale mais alto, você.

— … por que esse relógio parado? Estragou? Marcando sempre dez para as cinco.

— Não dou corda. Um barulho a mais. Um incômodo a menos.

— Bem na hora em que o…

— Não ando boa, André. Cada vez pior. Sabe que perdi os documentos? Já não sou eu.

— Ao menos deixasse o maldito cigarro. Essa tosse mais feia.

— Sozinha a gente fica pensando em bobagem. Já te contei do Tibúrcio? Ele comprava lenha. Empilhada no telheiro ao pé do muro. Um dia desconfiou: *Tem alguém roubando a nossa lenha. Não gastamos tanto.* Resolveu ficar de guarda. Agachado atrás do poço. Uma noite entrou de cabeça baixa na cozinha. *Descobri o ladrão. E não posso fazer nada.*

— Por que não?

— *É o nhô Zico, nosso vizinho.* Um pobre envergonhado. Pulava o muro, de meia preta furada no calcanhar. Ia jogando as achas para o lado dele. Aflito, vigiando a porta iluminada da cozinha. Daí o Tibúrcio:

Quando vi quem era, me escondi ainda mais. Já pensou a vergonha, se ele me enxerga?

— Pobre nhô Zico. Me lembra o antigo portão dos leões com asas de pedra.

— Que nunca voaram. Carregando ele e nhá Zefa, a Ritinha e a Juju. A Ritinha, solteirona, bebia no quarto. E a Juju, mãe dolorosa, viúva inconsolável, se sacrificou pelos três meninos.

— Engraçados, esses meninos.

— Ficavam atrás da vidraça. A mãe nunca os deixou sair.

— Bem quietos, de franjinha ali na janela. Soprando no vidro e rabiscando boneco de braço aberto. E nós outros correndo e gritando no campinho.

— Para fingir que eram gordos, a Juju esfregava-lhes na bochecha papel crepom encarnado e molhado na língua.

— Foi uma heroína. Os três vingaram e chegaram a doutores.

— Ela enfrentou a cidade grande, dormia no corredor, dos filhos era as camas. Eles se formaram, casaram e lhe deram o desprezo.

— Envergonhados da pobre Juju.

— Assim ela perdeu os filhos. Tudo a gente perde — até botão e alfinete.

— A Ritinha, de amor contrariado, bebeu até morrer.

— Depois de morta, os doutores a chamavam de tia bêbada.

— E você ainda quer que não fume?

— O que está sentindo?

— Zoeira no ouvido. Tonta, me segurando na parede. Na rua já não saio. Nem gosto mais de sair.

— Não tem medo de ficar sozinha?

— O Candinho já disse: *Há que enfeitar esta casa. Novo tapete. Mudar o pano das poltronas. Pintar as paredes*. Nada disso, Candinho. Enquanto tiver uma cadeira para sentar, não me queixo. Penugem me dá espirro. Qual a diferença entre cair no duro e no fofinho? A Luísa rolou no tapete. E ficou toda roxa. Não quero que ninguém mexa no que é meu.

— E a nossa Luísa como vai?

— Dela eu caçoo, vou pelo mesmo caminho. Já tenho meus lapsos. E que lapsos, André. Uma noite, como faço desde menina, meio sem sentir, mais por hábito, comecei a rezar o padre-nosso. Na metade não é que esqueci? Você já viu, esquecer o padre-nosso? Daí eu repetia: *Padre nosso estais no céu, santificado... venha a nós...* e o resto? O resto eu não sabia. Tentei várias vezes. Daí cansei. Dormi na maior tristeza.

— Console-se. A Luísa está pior.

— Outro dia me telefonou. *Com tanta saudade de você, Maria. Quase chorei.* E por que não chorou? Chore, faz bem. Ainda tem muito que chorar.

— Ela tem vindo aqui?

— Vez em longe. E já quer deitar. Deitamos juntas. Comecei a cochilar. De repente ouvi um tralalá, tralalá — era ela, cantarolando. Dei com o cotovelo: Credo, Luísa. Não está dormindo? *Estou até sonhando.* Com a valsa que não dançou? Fique quieta, você. Já disse que com ela para a chácara não vou mais. Não me deixa dormir, puxando as cobertas: *Levante, mulher. Acorde, mulher.*

— E o velho Tadeu?

— O assassino mais perigoso da estrada. No meio da viagem de repente um grito: *Estou cego.* Mal o tempo de encostar o carro. Meia hora para voltar a enxergar. Lá ficamos perdidos, ele, a Luísa, ai de mim...

— ... e os três anjos caolhos da guarda.

— Nossos passeios de carro sempre foram um drama. A Luísa implorando: *Cuidado, Tadeu. Está na esquerda. Olhe o caminhão.* Ele xingando a mulher. E eu, quieta, agarrada ali no banco. Uma surda e outra muda guiadas por um cego.

— Por que ele brigou com o Menino?

— Com a morte da velha, o Menino ficou com tudo. Não deu nada para a Luísa. Uma lembrança da mãe que fosse. A negra Chica recebeu um casaco de pele estrangeiro. A Luísa até chorou quando me contou. A velha Paiva só pensava no filho.

— Nela primeiro. Depois no Menino.

— O lambari frito do Menino. A moela e a sambiquira do Menino. O travesseiro de pena do Menino. Na hora da morte, onde estava ele? Lá na esquina à caça de soldado. Pensa que chorou no travesseiro?

— Aquela bicha-louca de voz grossa e bunda baixa.

— Móveis novos, trocou as cortinas, tudo pintou de rosa.

— A velha é um retrato apagado no fundo da gaveta.

— A Luísa vai lá, escondida do Tadeu (*Esse veado não quero na minha casa*). Ver se falta alguma coisa. Pregar botão na camisa do Menino. *Não é triste, Maria? Sem nada que foi de minha mãe?*

— Nem ela nem você.

— Mamãe era pobre. Mesmo assim queria alguma coisa. Nem que fosse um cálice. Uma caneca com o letreiro *Parabéns*. A Sofia, minha cunhada, ficou com tudo.

— E o Tito não te defendeu?

— Com ele ninguém podia. Era o primeiro a roubar o cálice e vender a caneca. Tinha três noivas no Rio. Fugiu do colégio militar fantasiado de padre. Menino precoce, abusava de galinha, pato, e até peru de Natal. Bebia, jogava, seduzia órfã e viúva.

— Tudo ele pagou — e o céu também.

— Casou com a Sofia.

— Como é que ele dizia? *Casei com a noivinha dos meus sonhos. Vinte anos depois, ao beijá-la, dou de cara com a minha sogra. Mais dez anos, quem me espera na cama hoje é o meu sogro, com bigode e tudo.*

— Nem cálice nem caneca de Felicidade. Quando papai morreu, para as crianças foi aquela festa. A gente não sabe a falta que vai sentir. Desmanchamos a casa na maior alegria. Ajudei a arrastar os cestos de louças e talheres. Guardados no paiol velho, que você não conheceu.

— Por que não conheci?

— Credo, André. Do que você não sabe? Não me diga que alcançou também as famosas coroas de biscuit. Lá no paiol mofavam o ano inteiro para enfeitar no Dia de Finados os túmulos da família.

— Pequenas rosas de porcelana, cada ano mais pálidas, entre folhas de flandres quase pretas, que um dia foram verdes.

— A gente brincava de enterro de mentira. Ao serem agitadas, as folhas faziam de sininhos. No cemitério, quando soprava o vento sul...

— ... que apaga as velas e ergue o vestido das moças...

— ... você ouvia ao longe os alegres sininhos.

— Uma rosa caía e se quebrava em pétalas brancas de louça.

— Todas em volta do pobre Dadá, que se finou na flor dos dezoito anos. Ele pedia: *Madrinha, não sinto a perna. Ai, não me deixe morrer.* E a avó derramava-lhe água fervendo nos pés. Eu escondia o rosto na cortina de florinha azul e abafava os soluços. Dentro do livro — era *Os três mosqueteiros* — foi achado o bilhete: *Sei que morro até o fim do ano — Adeus.*

— Errou feio, o coitado. Foi-se bem antes.

— Ao menos se livrou da Sofia. Ai, como era ruim, a desgranhenta. Mas não me deixei atingir pela sua maldade. Na hora do almoço ela arrumava dois pratos na mesa. Assim com eles eu não morasse. Para ela eu não existia.

— Foi mordida em criança pelo mico louco do Passeio Público.

— Pensa que eu chorava? Mais que depressa corria até à casa de tia Zulma — e lá comia. Até melhor.

— A triste Eunice não engoliu vidro moído com banana frita e se enforcou na viga da cozinha?

— De tão ruim que era a mãe. Não tinha mais como ser ruim. No dia do cinema a convidada era a feiura da

Sibila. Parecia um ganso de óculo. Eu ficava na esquina. Quando tia Dulce passava, fichu branco de rendinha e binóculo, me engatava no braço dela.

— Pior que a Sofia só mesmo a Santinha. Um dia abro o jornal. Que surpresa. Dona Santinha não era eterna?

— De tão bruxa, até que foi boa morte. Uma dorzinha no braço e quando deu acordo já era defunta. Aos oitenta e dois anos.

— A mesma carniça da Santinha que na hora da morte do João apareceu com as três bastardinhas.

— O João assistiu o pai alguns anos no Rio. A casa era fina: talheres de prata, cristais e estatuetas. Quando o velho morreu, ele se isolou em Morretes com aquela alemã. Depois nós casamos. A Lola, que não era maldosa, disse para a Santinha: *Não pode ficar com a parte do João. Você não tem direito. Agora ele casou. Tem mulher e casa montada.* A Santinha, invejosa e pérfida, mandou tudo.

— Essa eu não acredito.

— Até um pacotinho amarrado com fita azul.

— ...

— Eram as cartas da Naná. Uma francesa que foi amante do João em Paris. Bobinha, abri as cartas. Entendia um pouco de francês. Essa Naná tinha paixão louca pelo meu João. Era linda.

— Como é que...

— Na última carta achei um retrato. Fantasiada de cigana, pente de madrepérola no coque, castanhola na mão. Sabe o que escreveu?

— Isso nem eu sei.

— *Vive la Liberté!* O Virgílio disse que essa francesa esteve em Curitiba. Mas não acredito.

— Diz isso de intrigante. E a tia Fafá? Essa eu conheci. Verdade que nela o João praticou eutanásia?

— Grande mentira. Acho até que mentira de você. Ela entrou em coma. Morreu bem quietinha.

— Falavam que ela pediu. Não suportava as dores. Ele aplicou dose maior de morfina.

— Dez anos sofri essa mulher. Tinha um tumor na barriga. E achava que era do intestino. Tomando cápsula negra laxativa. A bula indicava duas por dia. E ela engolia vinte. Queria expulsar o tumor. O João ficava furioso. Pegou os remédios dela. Daí a Fafá escondia os vidrinhos no vaso da samambaia.

— Que desgracida, hein, Maria?

— De manhã ela invadia o quarto. Deitava em nossa cama. Com as mãos na barriga: *Não aguento mais, João*. Eu, grávida, ali não podia ficar. Durma com o teu irmão. Que vou tomar café.

— Deitada entre vocês dois ela durou dez anos?

— Até morrer. Com mais de oitenta. Quando eu saía, enquanto ela pôde andar, visitou as vizinhas. Para falar mal de mim.

— Foi bonita em moça. Gorduchinha.

— Gorduchinha pode ser. Bonita, nunca. A cara de tia Fafá velha, que você viu, era a mesma tia Fafá moça. E uma coisa engraçada com ela aconteceu. Você acredita em mistério?

— Em alguns, acredito.

— Foi noiva de um oficial da Marinha. Que morreu na explosão do navio. Bem na hora ela estava almoçando. Não é que a aliança se partiu ali no dedo?

— Então foi um adeus?

— Triste adeus. Também eu faço as minhas despedidas. Digo as palavras do João, antes de morrer: *Não quero mortalha. Não quero guardamento. Missa não quero.*

— E assim foi feito.

— Orgulhosa não sou. As pessoas me fazem mal. Me revolvem a faca no coração. Rancor não guardo. Eu esqueço. E só peço que seja esquecida.

— ...

— Os outros não incomodo. E que os outros me deixem em paz. Já não existo, André.

— Não fale assim, Maria.

— Esse relógio aí parado sou eu.

— ...

— Dos parentes próximos do João restavam quatro. Morreu o Bento. Morreu o Carlito. Morreu a Amália. Um depois do outro e nessa ordem. O seguinte será o Virgílio.

— Desse ninguém sente falta.

— Sabe do que mais, André?

— ...

— Depois dele sou eu. Agora é a minha vez.

— Então vamos juntos. Os dois comendo broinha de fubá mimoso no caixão.

O grande deflorador

— Maria é o meu nome. O mesmo da mãe de Nosso Senhor.

Exala a mentruz com arruda. A patroa não quer saber — o cheiro da santa? Que tome dois banhos por dia.

— Escolha o arroz. Já lavou a roupa? Grande preguiçosa. Varra a calçada.

— Não sou sabão. Em duas não posso me repartir.

Tanto bastou que a patroa:

— Erga-se daqui, ó coisa. Suma-se. Rua.

Lá se vai Maria com sua trouxinha.

— Hoje fiz uma oração para São Jorge. Que cuida do boi e do cavalinho.

De pequena perdeu o pai. Vingaram ela e o caçula. Sete anjinhos haviam nascido e logo morrido.

A mãe conhecia os mistérios do mundo. Cada vez que faltava uma criancinha:

— Deus chamou. Deus quando chama sabe o que faz. Esse que aí está não seria um malfeitor?

Eles tinham tudo em casa. Tudo quer dizer a carroça, o arado, dois cavalinhos, a criação de galinha e porquinho, o paiol de feijão, batata, abóbora. E — grande orgulho da família — a máquina de moer milho.

A mãe estava bem sã. Um dia avisou:

— Logo vou faltar. Se preparem os dois. Cuide do seu irmão.

Desde menino o irmão bebia.

— A mãe não tem nada.

— A mãe sabe. A morte é uma planta que nasce no coração.

Naquela manhã a moça acordou cedinho.

— Que dia lindo para lavar roupa.

Pediu a bênção para a mãe. Enxada no ombro, foi para a roça com o irmão. Na volta, a velha estava caída a par da cama. Água saía dos olhos.

— Parece que ainda me viu.

Bradou pela vizinha que veio e ficou de joelho:

— O pulso fugiu. Sua mãe foi embora.

Mais água limpinha dos olhos de Maria.

— Eu e a vizinha vestimos.

Ela disse que não tivesse cuidado.

— Deixe, Maria. Eu mato a leitoa para o guardamento.

Entrou na cozinha e o mano José ali chorava. Com a cabeça deitada na mesa.

— Agora não adianta ter pena da mãe.

Desde menino o irmão bebia e judiava da velha.

— Ela já se finou.

Daí o José foi botando tudo fora: a carroça, o arado, a galinha, o porquinho.

— Só salvei um cavalinho. Levei para o rancho de nhá Zefa.

Fez o sinal ligeiro da cruz.

— Não é que pesteou, o infeliz?

O irmão caía borracho na valeta.

— Sabe que uma vez ele me surrou? Com o arreador. Acertou no pescoço. Tenho a marca até hoje.

Pela maldita cachaça trocou a batata, a abóbora, o feijão.

— Chorei, o que mais? Da dor e do sentimento.

Por fim a máquina de moer milho — a grandeza do finado pai.

— Mais que eu quem sofria era o José.

Sem o que beber, não é que a irmã ele vendeu a um velho caolho?

— E ainda perneta.

O velho chegava bêbado. Logo ia surrando a pobre moça.

— Lave meu pé, mulher.

Que trazia a gamela de água esperta.

— Agora enxugue.

Ela ficava de joelho.

— Com o cabelo, mulher.

Comprido e bem preto. De tanto apanhar, a cabeça meia de lado.

— Na hora da janta só de ruim espatifava o prato na parede.

Reinava antes de dormir. Não sossegava enquanto não punha a moça debaixo da cama.

— Cabe, sim. A cama do sítio é alta.

Ela embaixo. Ele em cima. De vez em quando erguia o braço. Estalava o rebenque na dona encolhida.

— Não sai daí, diaba.

Ai dela, nem se coçar podia.

— Eu, quieta e calada, rezava o terço.

Até que descalça correndo na chuva.

— Dele eu fugi. Levei um rolinho na barriga.

Aos sete meses nasceu morto — o mais lindo menino.

— O José ainda vive?

— Ainda bebe. Outro dia apanhou na venda. E apanhou muito. Por amor de uma viola. Comprou a viola e queria destrocar.

Ri alegrinha e esconde na mão a gengiva murcha.

— A bugra não tem dente.

O último canino torto, nenhum incisivo.

— Que tal um namorado, Maria?

— Só de longe.

Bendita e cheia de graça.

— De você, Maria? O que vai ser?

Sem cavalinho pesteado nem nada.

— Tenho o amor de Jesus Nosso Senhor e do Divino Espírito Santo. Vou levando a vida. E rolando pelo mundo.

— Com fé em Deus.

Deus, ó grande deflorador das criancinhas.

A fronha bordada

O João foi sempre namorador. As três noivas de
Curitiba não sei se foram quatro. A Lili, a mais famosa.
Bonita não era. Vistosa, sim. Na hora em que se enve-
nenou, bordava uma fronha com o nome dele. Mas não
foi amor. Por causa do pai o suicídio. Queria obrigá-la a
casar com um primo. Velho e feio, por sinal.

Não que o João fosse louco por mulher. Gostava
mesmo do idílio — era uma lenda na família. Foi quase
noivo de uma filha do Carlito. Já o chamava de pai, se
regalando com o vinho rosado e a broinha de fubá mimoso. A Laura não, foi a Beatriz. Acho que ainda é viva.
Não diria bonita. Para quem gosta de gorda.

Ele sempre incomodou muito. Até revoltoso foi.
Numa dessas revoluções, para não ser preso, se es-
condeu no mato. Um ano depois descobrimos que
o professor Pestana, dono de uma escolinha perdida
no interior, era ele. Cada fim de ano ia ficando so-
rumbático. Cabeça meia de lado, uma tristeza sem
fim. Nem bem você perguntava, vinha a resposta:
Sem dinheiro casar não posso. Isso repetia-se todos
os anos.

A perdição dele foi essa ruiva. Não gosto dela. Nem
ela de mim. Mania agora é diminuir a idade. Quantos
anos você tem, Maria? *Ainda não fiz cinquenta.* Então

a Joana, tua filha, que já tem cinquenta, será de outra encarnação? Com mais de setenta, essa aí.

Uma tarde ele chegou lá em casa. Foi anunciando da porta: *Estou noivo, Lúcia.* Eu nem liguei. Tuas noivas, João, são sempre falsas. *Desta vez não. Caso em maio. Você e o Tito são os padrinhos.* Parabéns então. Em abril quem trazia pela mão a ruivinha de barriga? *Casei antes, Lúcia. Não deu para esperar.*

Casamento pior ninguém fez. Essa aí lhe atormentou a vida. E agora inferna a memória. Os últimos tempos foram os mais tristes. Era inimiga feroz. Dessas bandidas que ficam atrás do toco. Uma vez cheguei de manhã à casa dele. Não sei por que tão cedo. A criada abriu a porta. Míope, fui entrando pelo corredor. Quem estava ali dormindo de lado no sofá vermelho da sala? É uma vergonha, João. Ele esfregou o olhinho inchado: *Que aconteceu?* Isso é um escândalo, João. *Ela me tocou do quarto.* E tudo você aceita? Ela refestelada na cama, com dossel e cortinado, e você encolhido nesse velho sofá? Seja homem, João.

Desde esse dia dormiu em quarto separado. Sem que ela o deixasse em paz. Nem ao barbeiro podia ir. A cadela estava em todas as esquinas. Espreitando o pobre velhinho trôpego. Qual ciúme, só ruindade. Ah, se ela soubesse... O nome Lili de uma das filhas era em memória da que se matou bordando a famosa fronha.

Se mentiroso ele já era, pior ficou. Uma noite bateu lá na porta, de capa e malinha. *A Maria pensa que viajei. Vim pousar na tua casa.* Tirou da maleta duas garrafas de vinho tinto e o pijaminha azul de pelúcia. Na varanda até bem tarde, falando alto, no maior gosto com a velha cozinheira. Alegria de estar longe da maldita ruiva.

Logo depois ele faltou. De volta de São Paulo, disse que não operava a úlcera, tinham de conferir as plaquetas do sangue. Eu adivinhei tudo. Não, ele não sabia. Acho que nem desconfiava. Pouco antes do fim, o doutor Alô entrou no quarto. O João de olho negro, muito pálido, branco o bigode. Ergueu a cabeça da fronha com o nome bordado, tirou da mesinha o revólver. Até assustou o médico. Só disse: *Aqui um santo remédio para o câncer.*

Nunca ele seria capaz. Era covarde. Como eu. E todos os heróis da família. Nosso avô passou a revolução dentro de uma barrica. Ali quietinho, sem respirar. Só saía para beber água.

Depois da rendição até se ofereceu para lavrar a ata. E assinou entre os primeiros. Bem alegrinho.

Chorinho brejeiro

De susto a velha ergue os braços:

— Cruzes, doutor. O senhor aqui? Então era quem batia palma? Nem reparei direito. Viu dois homens conversando comigo? Vendedores de bíblia. Uma religião esquisita. Igreja dos Santos dos Últimos Dias.

— Mecê comprou?

— Credo, não. Eu sou do padre-nosso.

— Como vai o velho?

— Cada vez pior. Agora deu de inchar. O doutor vai ver. Cada dia diferente.

Conduzindo-o pelo jardim ao redor da casa.

— Acho que não dura muito. Foi assinar uma escritura — e não conseguiu.

— Já não enxerga?

— É tremedeira mesmo. Com a vista ele se arranja. Põe o papel bem perto.

— Ainda conta dinheiro?

— Isso é com ele.

— Nem tudo está perdido.

Um frangalho ali na cadeira. Cara de velho no corpo do menino, sentadinho de castigo, o pé não toca no chão. Cabeça baixa, braço caído, sem poder com ele nem ela. Amarelinho, magro no último, olho apagado.

— Olhe aqui, João. Quem veio te ver.

Escorrega da cadeira, não acerta no chinelinho de feltro o pequeno pé balofo. Enfia um e outro, chega bem perto.

— Quem é esse aí?

— O doutor. Não está vendo?

— Doutor quem?

A voz lá no fundo.

— O André, nhô João. Caboclo firme está aí. Quem me dera.

Com a doença encolheu, dobrada a barra da calça, a canelinha seca e muito branca.

— Levantou de teimoso. Daqui a pouco uma tontura. Pode até cair.

Tateia à procura da barriga no medo de perder a calça.

— Será verdade, nhô João?

A larga cinta de aros prateados fora dos passadores. Sobrando uma dobra ali na braguilha com dois botões abertos — sumida a famosa barriguinha.

— Estou mal... bem mal...

Espanta a mosca invisível que zumbindo o persegue — a sétima trombeta do anjo vingador?

— Não parece.

O cadáver na sua pompa fúnebre. Últimos dentinhos encardidos, prestes a cair — o colmilho dourado de estimação. A camisa flutuando no peitinho recolhido. Pescoço fino, barbela murcha. Enfiado na calça o paletó de pijama, casas guarnecidas de antigos ilhoses floreados. Óculo inútil no bolsinho. Ali havia um homem gordo.

— Então o doutor...

A cadela da velha ataca.

— ... sofre da vista.

Nhô João já não era. A pastinha branca e lambida na testa — ainda molha o pente na água. Só falta a gravatinha para tirar o retrato de pé no caixão.

— Vamos entrar, doutor.

Saudado na sala pela manada de elefantes coloridos de louça. Nhô João na poltrona, a velha na cadeira de palhinha. O doutor no sofá olhando para os dois.

— Estou doente.

— Um pouco gripado?

— Doente de velho. Os anos estão apertando. Ocupo quatro médicos.

— E a vista?

Quieta a velha não fica.

— Só enxerga de pertinho. As cataratas. E diabético.

— Conhece as pessoas?

— Surdo também.

— E o bendito coração.

Nhô João aponta no terceiro botão da camisa, por sinal quebrado.

— Um aperto bem aqui. Ele dispara.

— E falta de ar.

— Mas não a coragem, não é?

A mão em concha na orelha peluda.

— Que nada. Estou no fim.

— Está ruim mesmo. Os dias contados. Não vai longe.

— A senhora está conservada. Ele me disse que, noiva tão linda, era um cromo. Não é, nhô João?

— Que cromo. Era uma bobinha. Dezesseis anos, já viu.

— E a primeira mulher? Ainda vive?

Nhô João olha para a velha.

— De quem está falando?

— Da tua mulher. A Candinha.

— Como é que ela está?

— Melhor que ele. Ainda dança.

— Por que nhô João não casa com a senhora?

— Por mim não quero. Está bem assim. O doutor aí quem reconheceu as meninas. Eu era amante da velha.

— Faz tanto tempo, não é, seu João? Eu, mocinho e solteiro.

— Ele gosta de conversar com o doutor sobre os causos de dantes.

Os causos eram o peitinho da virgem que cabia no fundo do cinzeiro de vidro.

— Outro dia faço uma visita.

A coxa branquinha — sem mancha nem pinta — do arroz lavado em sete águas.

— Hoje é só negócio.

Da coleção de calcinhas — uma de cada cor — titiladas no bolso interno do paletó.

— O doutor cobrou do carniça?

— Com juros.

— Nada de cheque. Só aceito dinheiro vivo.

— Aqui está. Agora o recibo. Quer que leia?

— Não carece. O doutor sabe o que faz. Fique bem claro: a multa não é comigo.

— Está bem. Assine aqui.

De pé, chega a carinha murcha junto do papel.

— Onde?

— Aqui nesta linha.

— Não é aí, velho. Não vê o dedo do doutor?

— Agora, sim.

Apesar da mão trêmula, assinatura ainda florida.

— É de admirar. Na última vez deu tremelique. Até que hoje não fez feio.

O velho abanca-se e, o dinheiro vivo na mesa, começa a contar. Esfrega na língua o dedinho de nó inchado — saliva já não tem.

— Sofreu desmaio.

Alheio à conversa, agarrado no maço de notas — se é nova, estala gostoso.

— Voltou a si, dizendo: *Vim do fim... Desta, escapei. Lá do fim...*

Às vezes se confunde e ciciando reconta uma por uma.

— Tem só vinte. Falta a sua parte.

— A minha já separei.

— O doutor não perde tempo, hein? Não é bobo.

— Então tudo certo?

— Desobrigado da multa. E o doutor é responsável.

— Mecê se cuide. Para gastar o dinheirinho.

— Cada vez pior. Daqui a três meses...

E o gesto da mão que se despede.

— Já não come. Nem dorme. Assim não dura.

A velha discute o fim próximo — ele já não está ali.

— A gente não deve...

O doutor baixa a voz: ao futuro mortinho não cabe a última palavra?

— ... falar na sua frente.

— Nem ouve. E se ouve, não liga. Não come, doutor. Sabe o que é, nada, não comer? Parece criança. Até caldinho não aceita. Bem aqui...

E indica o fígado — ou será o pâncreas?

— ... não deixa tocar. Diz que dói.

— Que pena.

— Briga com os médicos. *Não sei o que vocês estudaram. Só sabem cobrar.* O doutor Pestana nem liga, é de casa. E o doutor Oscar, que tanto vinha aqui, morreu de repente. Um homem moço, tão necessário, e esse velho fica reinando.

— Não enxergo quase nada.

Ali na sala — só ele vê? — o quinto cavaleiro branco do Apocalipse.

— Já faço um cafezinho, doutor.

— A senhora não se incomode.

Única maneira de ficar sozinho com o amigo.

— Não demoro. Incômodo, não.

Dos dois foi um suspiro só.

— Como é, nhô João?

Afaga de leve o ombro descarnado.

— Já esqueceu da festa que fazia?

— Fui homem forte. Vinte anos puxando palhão. Sabe o que é? Envolvia a garrafa para não quebrar. Os colonos plantam o centeio, a sobra é o palhão. Puxava os feixes no carroção. Dois a três mil quilos de cada vez. As fábricas pagavam bem. Sessenta centenários.

Até esse dinheiro passou. Os fabricantes de bebida já não usam. Tudo passou.

— Mas e a festa? Com a franguinha? De tantos aninhos?

— Só eu sei das festas, doutor.

A velha desgracida com apenas duas xícaras na bandeja — ele já não conta.

— O que sofri todos esses anos. Nosso hominho espalhou filho no mundo. Sobre isso queria perguntar. Ele fez um filho na mulher. Esse menino morreu.

— Registrou em nome dele?

— Não.

— Nenhum problema, nhá Maria. Já viu morto reclamar?

— Fique sossegada, não é, doutor? Vale a escritura que mecê fez. Do reconhecimento das duas filhas.

— Os papéis estão guardados?

De pé oscila para cá e para lá. Segura ele, epa, firme o dinheirinho nas duas mãos. Perna meio aberta — até o inchaço das partes secretas —, arrasta o chinelo para o quarto.

— Bem acabadinho, o pobre.

Com a velheira — oh, não — mais pequeno que ela.

— Está um caco.

— Qual é mesmo a idade?

— Na véspera dos oitenta.

— E a mulher legítima? A senhora disse que até dançava.

— Também descaiu. Duvido que dance. Estão apostando carreira. Quem vai primeiro.

— E mecê como está?

Na flor dos sessenta, bem nutrida, risonha no dentinho de ouro. Ainda se vê que foi bonita.

— Como Deus manda. Ninguém sabe.

Bem que ela sabe: enterra alegrinha o querido carrasco.

A bulha no quarto escuro, alguma coisa cai e rola no chão — o chorrilho de pragas em surdina. O velho exibe em triunfo os papéis amarelos.

— Bem essa. Um dos primeiros serviços que fiz. E as filhas, nhô João?

— São duas ingratas, doutor. Nunca uma delas me deu um copo d'água.

O volantim audaz que mergulhava na tina rasa lá do alto do mastro.

— Essa mocidade está perdida. Tem duas filhas e seis netos. Pensa que algum se oferece para ajudar aqui de noite? Nessa hora elas não têm pai, eles não têm avô. Que será de nós, doutor?

— É mesmo, nhá Maria. De nós o que será?

— Não dorme a noite inteira. Não deita. Só cochila, sentado. Quase não prego olho. Ele não gosta de luz acesa. Outra pessoa falando, não deixa. Rádio e tevê, Deus o livre de quem liga. Conversa, não quer. Mas precisa de alguém perto. A noite vai passando. Às vezes, levanta. A gente segue atrás. Outras, bem que ronca, sentado. Ontem me tirou do sofá.

O terceiro motociclista do Globo da Morte girando toda a noite mil voltas loucas.

— Não tem sossego.

— E remédio para dormir?

— Ataca o coração. O médico não deixa.

— Por que nhô João não faz testamento...

Atento a cada um que fala. Vira a cabeça e franze a pálpebra na direção da voz.

— ... em favor da senhora?

Arregaça o lábio, mostra os cacos podres.

— Nhô João, por que não deixa a metade dos bens...

Um pobre guapeca leproso coçando as pulgas no trapo da porta.

— ... para a companheira de cinquenta anos? No caso de mecê faltar.

Pronto retruca de voz dura.

— Não chega o dinheiro que já dei?

A doce velhinha agora de acento melífluo.

— Eu não mereço mais alguma coisa?

Pode ser destruído, mas não vencido, o artista de capuz negro no duplo salto-mortal do trapézio voador.

— E eu fico sem nada?

— Só a metade, nhô João. Se fosse eu, fazia amanhã mesmo.

Ao ouvir amanhã, arregala o olhinho sangrento — não tem falado em três meses que, para ele, são no mínimo seis ou doze?

— Já reparti os lotes. Para as três. A casa, elas que se arranjem.

Mantida sempre a velha na ignorância dos grandes negócios.

— O que fez de festa esse hominho. Eu é que sei. Ela não sabe de nada.

— Os papéis guardados no cofre.

Só ele conhece o segredo. Ainda morrendo, não conta a ninguém — terão de arrombar.

— Agora é tarde. As filhas olham por ela.

Até hoje a velha sem carteira de identidade.

— Sempre sonhou viajar de avião. Agora já pode.

Se dele depender, não antes de vinte e quatro meses.

— Bem, seu João. Tenho de ir. Mecê se cuide.

Aperta a mãozinha fria e mole, uma luva de crochê vazia.

— Vou até a porta.

— Que abuso, velho. Sabe que não pode. Depois quem sofre sou eu.

Já deve ter separado a roupinha preta do enterro. Camisa branca, colarinho engomado. Gravatinha azul de seda. Sapato de sola imaculada.

— Mulher não entende, não é, doutor?

E o rosário de contas negras, que ele vai segurar com nojo.

— Facilite, você. Ainda tropeça e cai. Que a funda escapa...

Condenado ao maldito boné xadrez, à manta de lã no joelho, à cadeira de inválido no fundo do quintal.

— ... e a hérnia estrangula.

Nos braços da menina de quinze aninhos não será o último suspiro.

CANTEIRO DE OBRAS

(1980)

20 março: OPOWIADANIA WCALE NIE PRZYKLADNE (antologia polonesa.

25 março: VIRGEM LOUCA (2ª edição).

6 abril: DOCE MISTÉRIO DA MORTE.

28 abril: Remessa de LINCHA TARADO ao editor.

30 abril: ~~PROFISSÃO~~ POBRES MENINAS.

4 maio: DIÁLOGO ENTRE SÓCRATES E ALCIBÍADES

27 maio: CÂNTICO DOS CÂNTICOS.

9 julho: CEMITÉRIO DE ELEFANTES (6ª edição).

9 julho: O NOME DO JOGO.

15 julho: A FRONHA BORDADA.

23 julho: UM BICHO NO ESCURO.

26 julho: O SONHO ~~ESCURO~~ É AZUL.

19 setembro: LINCHA TARADO.

12 outubro: EHE KRIEG (antologia alemã).

17 novembro: Remessa de A TROMBETA DO ANJO (3ª ed.) ao editor

2 dezembro: A LETRA DO ASSOBIO.

7 dezembro: O SUAVE AGONIA DO TARADO.

18 dezembro: A SEGUNDA MULHER.

15 abril: Remessa de CHORINHO BREJEIRO ao editor.

(1981)

junho: MODINHA CHOROSA.

junho: MOÇO DE BIGODINHO.

julho: NOVE HAICAIS.

julho: UM TÚMULO PARA CHORAR.

agosto: A TROMBETA DO ANJO VINGADOR (3ª edição).

agosto: QUERIDO ASSASSINO.

agosto: O FANTASMA DO DENTINHO DE OURO.

setembro: VISITA DE PÊSAMES.

setembro: BOM, BELO E CARBOSO.

outubro: O CONFESSOR.

outubro: ORGIAS DO MINOTAURO. ~~DE COLETE E GRAVATA~~

novembro: APANHEI-TE CAVAQUINHO.

dezembro: CHORINHO BREJEIRO.

dezembro: FOGO NO CIRCO.

(1982)

janeiro: BOMBOM DE LICOR.

fevereiro: LIÇÃO DE ANATOMIA. ~~VISITA DE PÊSAMES~~

março: COM O FACÃO, DÓI.

No caderno intitulado "Borrão 26" vê-se que
a citação de sambas e chorinhos em títulos de
livros, contos e em passagens dos textos não era
à toa: "Sinhô, uisquinho... upa-lá-lá". E, entre
1980 e 1982, além de "tosquiar a grama do jardim",
o autor escreveu, paralelamente e partilhando
do mesmo núcleo narrativo, as histórias de
Chorinho brejeiro e *Essas malditas mulheres*.

© Dalton Trevisan, 1981, 2025

Todos os direitos desta edição reservados à Todavia.

Grafia atualizada segundo o Acordo Ortográfico da Língua Portuguesa de 1990, que entrou em vigor em 2009.

conselho editorial
Augusto Massi, Caetano W. Galindo, Fabiana Faversani,
Felipe Hirsch, Sandra M. Stroparo
estabelecimento de texto e organização do canteiro de obras
Fabiana Faversani
capa
Filipa Damião Pinto | Estúdio Foresti Design
imagens de capa e canteiro de obras
Acervo Dalton Trevisan/ Instituto Moreira Salles
ilustração do colofão
Poty
preparação
Huendel Viana
revisão
Jane Pessoa
Karina Okamoto

Dados Internacionais de Catalogação na Publicação (CIP)

Trevisan, Dalton (1925-2024)
Chorinho brejeiro / Dalton Trevisan. — 1. ed. — São Paulo : Todavia, 2025.

ISBN 978-65-5692-825-8

1. Literatura brasileira. 2. Contos. I. Título.

CDD B869.93

Índice para catálogo sistemático:
1. Literatura brasileira : Contos B869.93

Bruna Heller — Bibliotecária — CRB 10/2348

todavia
Rua Fidalga, 826
05432.000 São Paulo SP
T. 55 11. 3094 0500
www.todavialivros.com.br

Publicado no ano do centenário de
Dalton Trevisan. Impresso em papel
Pólen bold 90 g/m² pela Geográfica.